U0863038

2020 · 1

Chinese Poetry

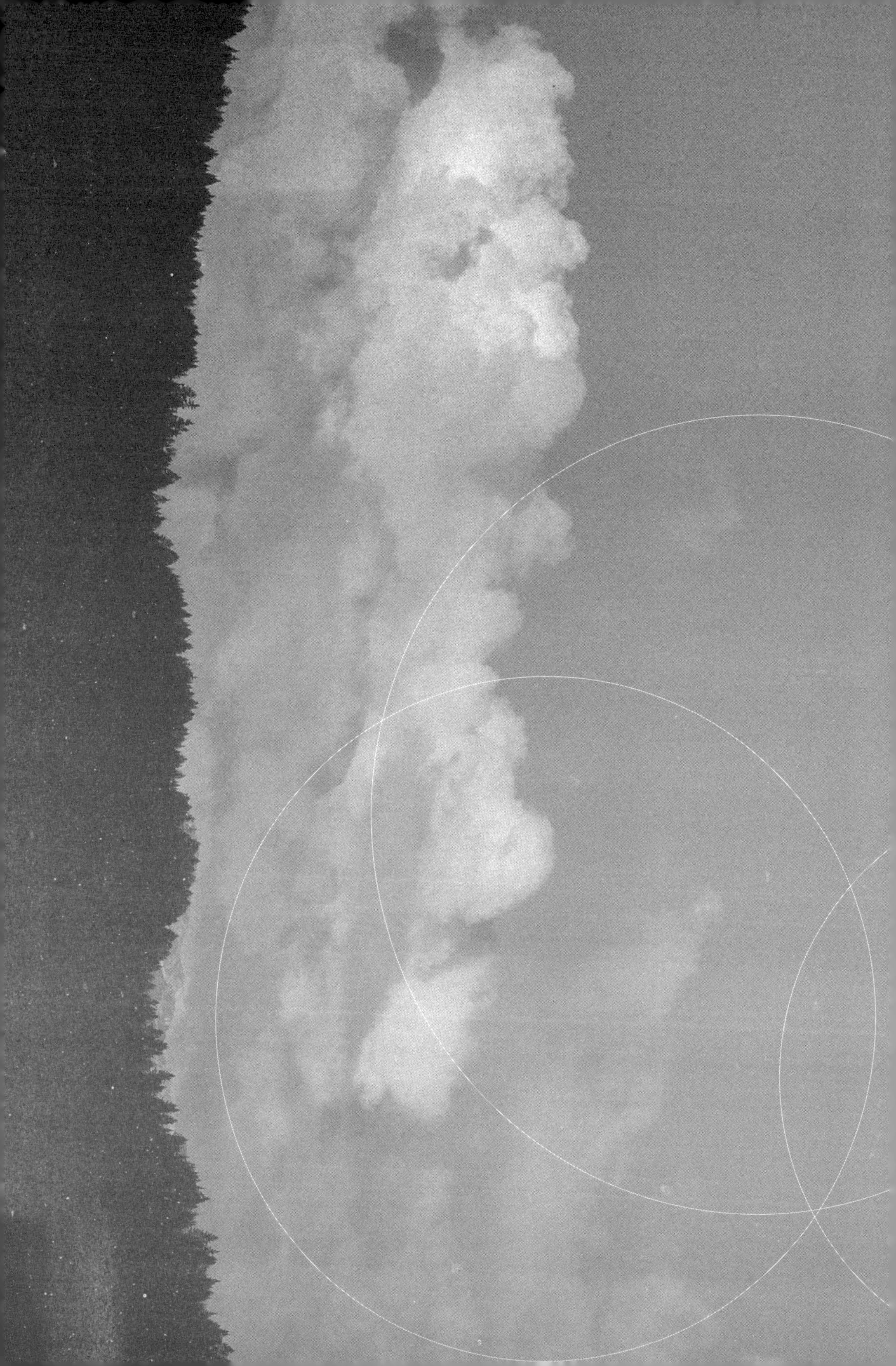

Chinese 汉诗 Poetry

风月同天

主编 张执浩

长江出版传媒
长江文艺出版社

目录

contents

风月同天

封城记

诗选本

风月同天

这个春天为什么不可以写诗

谁也不愿意春天支离破碎，
这个春天的劫难，没有人置之度外。
时间暂停，人和人渐行渐远，
擦肩而过都成了奢侈。
适用于春天的词已经格格不入，
战场和前线以汉字坐实悲壮的情景。
看不到硝烟的战场战事告急，
越来越近的前线，近在眉睫。
战争让春天生死攸关，所有人卷入，
不是所有人都能冲锋陷阵。
我不能每天以泪洗面，不能
在家里指指点点，更不能
熟视无睹无动于衷摆一副假模假样。
春天的树叶一片一片泛白，
惊恐、隔离、封城、逆行，
树枝上倒挂的阴影，让空气稀薄。
问问自己看到什么，想到什么，
问问自己在做什么，做了什么，
再问问自己，该做点什么？
不著一字不一定是洁身自好，
留下文字也绝非馒头蘸血。
一个诗人在这个春天保持沉默，
如果把沉默引以为至高无上，
比一个战士临阵脱逃，更羞耻。
这个春天为什么不可以写诗，
身在其中，被一千种情绪包裹，
任何一种情绪的表达，都无需绑架，
多声部音色可以不完美，但它是
这个春天的证词。

陈先发的诗

CHEN XIANFA

源头之物

诗之要义在于深知诗之无力。
新冠病毒找不到源头？那么
什么又是这首诗的源头？
我们都有被刻意遮蔽的生活
找不到源头的东西，在幽微中
掌控着世界的各种均衡
光和影的分布，人心的
起伏，生离死别的几率
或者它还决定，今天早上你
打喷嚏的次数
你的厨房要糟糕到什么地步
有时，它把光猛地调亮一点点
让我们看清活在武汉病人身上
埋在死者身上的更多个自己……

空椅子

朋友们曾像潮水涌来
填满我书房的空椅子，又潮水般退去

某个人的某句话，我在很久
之后才有所醒悟
仿佛在这些椅子上空掉的
东西，还可以再掏空一次

有些人来过多次，在雨夜
有些长谈曾激荡人心
我全都忘记了

某种空，是一心锤炼的结果
但锤炼或许并无意义
那些椅子摆在深渊里

有一个，在武汉死去
他的妻子打电话来
仿佛只是打给这里的某张空椅子
我不确定他在哪个位置坐过
夜里。在黑暗中。最安静的时刻
我把每张可能陷于低泣
的空椅子都坐了一遍

一首诗应免于对自身的苛求

有时候我有一种冲动
和这个孤儿的父亲一同死去
但我做不到

一首诗重要吗？
当它从置身其中的混乱与
痉挛中站起来
它也许真的很重要
一首诗应免于对洁净的苛求
从扔了一地的
血棉球、脏布
迎着手术刀站起来
不是从蜂蜜而是从蜂蜜包含
的毒针
从针管中作为通道的空上站起来
在呼吸枯竭之际
它自己开始呼吸
经此一疫，人世面目已大为不同
起点的弱小，我们需要重新学习

当婴儿从母亲的
血污中站起来
一嘴血腥又算什么
只要一声啼哭让
我们知道他活着
一首诗应免于我过熟的窗明几净

鸟鸣复至

在小区杂树林
一阵骤雨般激越的鸟鸣迎面泼来
是那种，语不成声的东西从喉咙
不断涌出
一段比一段滚烫
关门避疫三十余日
寂静长成新的皮肤
我一下子慌了神，全然不能适应鸟鸣
仿佛此生第一次听见

压迫日子的是死亡数字
死亡故事和
武汉医院停尸房窗口的月亮
这些彻底冷却之物
原谅我因暂时入盲而不能接纳
来自大自然的另一种声音

《鼠疫》的回声

空荡荡大街再找不到搂抱着的人
牵着手的
只有雕像
春花怒放但不再有看花人

我们把头埋在沙子里
目睹的是迅速流逝的
沙子和流逝本身
我想起加缪小说中那个叫
里厄的医生。我的世界和他的
世界在平静地交换位置
错位之神秘在于我们小视了
时间的力量
前来清洗我们的泉水
其实只来自我们的眼睛
大街上空空荡荡
没有一件完整东西埋在那里

俯身

捡起一根枯枝是如何在
内心演化成捡起一根棍棒的?

手持一根棍棒又是如何
分泌出我能征服世界之欲望的?

承认自我的渺小岂独因为惜身?
在文学中我们曾
多少次以蝼蚁自喻?

这根棍棒在泪水中发芽了
或许我们需向一地枯枝再次俯身

双盲试验

把此生所有际遇归于
新药的双盲试验未必不是
一种美妙的想法

当然，这也是危险的想法

走在雨中如果突然醒来
那么每滴雨都确有疗效
只是我们不能高估
这突如其来的觉醒

我记得遥远年代
许多次轻柔的脚步声
当我打开门，她已远去
只有花枝茫然颤动

只有空枝伴我度过
这走投无路的一日
因为双盲，爱才是真实的
我所恐惧的和我所缺失的
造就了我的语言
而双盲，将逼迫我们在其中放弃些什么？

韩东 的诗

HAN DONG

疫区之夜

疫区之夜，我看见一条狗
翻过垃圾箱后沿一条直路跑下去。
那么轻松，富于节奏，目中无人……
那狗就像是灰色的风勾勒出来的
奔驰在为它专门开辟的道路上。
我们很孤单是因为没有其他人和我们在一起
它很孤单因为没有人也没有狗和它在一起。
如果我们愉悦，也是因为没有人
而它的愉悦定然是双倍的。
风是灰色的，星星闪亮。

异类

恐惧操纵了这里的每一个人
在死去以前我们从大街上消失。
从窗户看出去，但
并没有人看见我们站在窗户后面。
所有的人都从房子里或是洞穴中
看着一个空了的世界
就像看着一口空了的巨大的深井。
在它的上面，更远一点的地方
那片鲜亮的草木中
有两个农民正在劳动。
就像是方外之人，两个古人。

说犬子

他不知道我们会走多久
不知道我们何时回来。
每一次分别都突然而至
每一次重逢都无法预期。
不吃不喝，焦心等待
但维持不了几天
他必须生活下去。
开始的时候还有记忆
渐渐就模糊了亲人的形象。

我们无法捎信给他
或者让他读懂画面
所有虚拟经过转换的信息他都无感
除非你的真身出现。
在他的眼中只有真实和当下
一种动物般自然而然的感情
被瞬间点燃。

毛子的诗

MAO ZI

无力之诗

有人的地方，没有了人。
没人的地方，在增加
更多的死人。

这一切太突然了
生，生得措手不及
死，也死得毫无准备。
我凝视自己，感觉活着
好像是很久以前的事。

而我们已回不到以前
回不到以前
回不到以前……

重要的事我说三遍
我说完，雪花已变成樱花
我说完，发现季节的转场
并不需要人类

我说完三遍
只是一遍比一遍无力
因为自此以后，活着
就是运气的事。

答朋友

无法写。找不到
一个合适的词。

因为所有的词，都双肺变白，
插上了呼吸机。所有的词
都找不到床位，自己等死。
所有的词，都奔跑在疑似病例的路上
既不能生，又无法死……

哦，写，还是不写
并不是问题。
问题是，当你动用这些词，
成为自己的抒情。
那些词就会转过身来
抽你的耳光，
并啐出一声：呸！

医者仁心

亲吻幼小的孩子，昨日还和他并肩漫步
在一片无风的果园，那儿有旋转马车、棉花糖和脆响的笑声
她也有平常而喜悦的日常，而此刻，病者在疫区忍受疼痛
人对传染的恐惧超越了疼痛，如河水漫过了砾石，太过容易
正是除夕，她出门前蹲下脸贴着儿子的脸颊，“你要听话”
“妈妈，放心。”
她拎起行李，整趟列车上都是如她一般的医护人员
奔赴疫区，窗外是日夜绵延的山峦贯穿着自然横向的力
车厢里有些安静，每个医者都稳稳安坐，沉默中，爱从不更换座椅。

还需多久？

你问，还需多久？以脱离这空空如也的世界内脏
房屋之脏器，你站在一根血管上
把生菜切开，蒸熟蛋羹
养育一个还未成年的孩子，难得的放空假期
你足不出户，日常琐事让你厌倦又新奇
退了票，回到生活的腹腔里
停下车，睡回母亲的子宫中
中止争吵，夫妻和父女、屏幕里永不能和解的母子
中止交易，让金钱停下，冲缓金融指数的上扬下降
中止战争，炮弹的轰鸣已经让我们疲倦
仇恨也是
还需多久？转身，回到日出日落永恒让你温暖的地方
孩子无辜的眼睛让你忽然想到作为母亲的柔软而非强硬
水再次沸腾，烫进生菜，还需多久？我们生而循环，深陷轮回

像个大人

每天上午，白肺的死者会带走三只羊
戴口罩的羊、怀胎的羊、确诊了病毒的羊
为了追回这些羊，我日日夜夜割起了青草
想要喂养疼痛——人类说痛苦才能让我像个大人
可我只想抱回我的羊，一只也不能少，如果它们
转过脸来，会有云朵团状惊慌的白色

隔离之后

病后，她最想站在住宅区绿地上渗入
这大米、油盐、纸巾、邻里口角争辩
砌出的温热人间
医院蓝白相间，风刮起一阵消毒水味儿
她挪动脚步，晨曦的光柱从出院处台阶
折下一束光

别了，方舱。树木曾在夜里结满睫毛抖动的冰
她注视着——那束光呈冷金色始终倾倒
每一个医护者都在关闭大自然肿痛的咽喉
每一个舱民睡熟于生命凸起的十四个日夜
每一朵昙花紧贴在危机的内壁，瞬间且安然

何晓坤 的诗

HE XIAOKUN

一滴眼泪掉进苦涩的大海

潜入这无边的夜色
便是无踪影的存在，不需要灯光
花朵，歌声以及春天的消息
也不需要探头，黑暗中的事物
更有可能接近完美，或者不受伤害。
潜入夜色，并非有占有夜的欲望
在这花花世界，我只想拥有
一次安稳的睡眠。而这刺眼的黑
会让我心生恐惧，让我每一次的潜入
都深感自己，是个成功的逃犯
心安，窃喜，甚至将自己彻底遗忘

哦！潜入这无边的夜色
仿佛一个黑影，跌入无尽的黑中
一滴眼泪掉进苦涩的大海

春风辞

春风怀揣圣旨，在天地间
巡视万物。它对山河的冲洗
极其彻底

风过之处，没有幸存者
也没有无辜者。寻找藏身之所的病毒
心中仍有大片的空白

一些事物开始冒头，另一些事物
选择了隐身。它们把所有的冷

收归体内，以抵御突临的寒意

风暴已经不可避免。被拆散的春天
不再需要隐意。遗弃在天空的
那滴春雨，至今，仍在石头中哭泣

没有秘密可以瞒过春天。此后
花朵的头上会悬着一把刀
她的绽放，开始提心吊胆

玫瑰的死亡方式

最新枯萎的这茬植物，是玫瑰
极其鲜艳的那种。春风中
它们的叶片，争先恐后地离开了枝头
接着是根茎，像一根根伸出墓穴的骨头
指着天空的方向。剩下刺
快速隐身土中，如一群出色的伏兵
做好了再次粉身碎骨的准备
玫瑰的这种死亡方式，让我很伤心
也让我怀疑，它们赴死的意图
还会让我心生疑虑，这个春天
为什么所有的花朵
还未绽放，都心甘情愿地
凋落

祈祷辞

造物之神啊，从明天开始
让狮子和老虎，在苍穹之下
吃青草和树叶。造物之神啊
让天空的钵音，稍停片刻

斑马和麋鹿，正在湖边
照镜子

口罩

此前她从未戴过口罩
包括雾霾天气
几番调整，她开始嫌弃版图过窄的脸庞
把鼻梁处的金属支架捏了又捏
口罩边缘总不能与面部严丝合缝
从成都回来，动车上戴口罩的人寥寥无几
发现自己划归寥寥无几的异类
她有些不好意思，像被车厢里其他人贴上了标签：
听风就是雨
胆小如鼠，贪生怕死……
在口罩下逼仄的环境里呼吸吐纳
不时让她产生逃离的冲动
站台上她摘下口罩
大口呼吸。城市上空严重污染的空气
充满自由，她从未如此渴望
后来的一个月甚至更久
吸进肺叶的空气仿佛经过压缩
几十平的住所和动车车厢，是另一种形式的口罩
那时的她
还不能从这样的角度审视

意外

这是个意外
尤加利果瓶中生活两月余，新鲜的气息
并不是它作为标本的义务

猫咪是另一个意外
困在三四平方米的阳台上，对着空旷的窗户
数完第35次日落，坚强并不是它的选择

朋友圈、公众号、报纸、电视
越来越多的意外
被艰难适应
以至司空见惯。仿佛覆盖脸庞的口罩也覆盖了内心
仿佛表情已不再必要，包括惊讶

明天复工。她回到出租屋忙里忙外
很久都没抬眼，窗外枝头吐露的诸多春讯
并不是意外

庚子年春天坐地铁

黑漆漆的道路看不见尽头
但我并不害怕
除了母腹，这样的安全感，地铁也能带给我
看书，思索，埋头抒写
我只需关注自己内心
不必分神攥紧这匹忠诚又聪明的马
飞奔的缰绳

复工后，地铁站乘客锐减
同其他戴着口罩的人们安静地坐在车厢
眼神偶尔碰触，也看不出彷徨
我们知道会被带去何方。正如早春脱胎于严冬

我们愿意相信
黑暗是光明的前奏

梦里有蜜糖

花田和果园最密集的地方
几十个蜂箱整整齐齐摆放在帐篷后面
简易折叠桌前
夫妻俩正埋头吃午饭

新闻播报没顶住严冬
整箱整箱饿死的蜜蜂令陷入绝望的养蜂人
选择告别人世前
我羡慕过这种逐花而居的生活

“假定生物链从蜜蜂断裂……”
一份田野调查，让整个春天提心吊胆
甘甜的蜂蜜水
将经由至苦的酝酿
——农药喷洒、食物匮乏、气候恶劣，无一不是
压垮养蜂人的最后一根稻草

夫妻俩平静地
收拾碗筷，身后满目繁花
被阳光具体成小蜜蜂的柴米油盐，具体成春深处
我们梦里
金色的蜜糖

一段废弃的铁轨

花朵还是去年的花朵，在浓绿的枝叶间
探头探脑。姑娘还是去年的姑娘
在铁轨上静坐，摇曳，蹦跳，嬉闹。时而戴上口罩
时而摘除口罩
——事实上她们的美
仅凭眼睛里的星辰就能确认

仿佛什么都没改变
铁轨通往春天，不时有列车生机蓬勃
呼啸而过

我在新冠病毒流行的日子

1
打算去印度的
机票都订了
想想，不去了
留下来，陪家人
也陪陪这片
生病的土地

2
两只山楂娘
比一个班的学生还吵
打开窗帘
看到天门山
苍劲踊跃的线条
又对人世
恢复了信心

3
时间突然多了起来
可以问候那些
久不问候的朋友

4
张二棍说在研究时间
发来照片一看
满屋子钟表
在学维修
他说，机械表有响声
能提示你

死神的脚步
疫情过了
送你一块
我想，几百块表都修好了
死神的脚步
会不会像一支军队
震耳欲聋

5
中医院的内科主任
王英说
突然增加了
几倍的工作量
主要还是心累
怕病人、医生、护士感染
我说多休息
要保证自己的免疫力
感觉是废话
又加了一句
疫情过后，请你
吃好吃的
如果生病了
我愿做她的病人
她说话总那么轻
哪怕癌症晚期
她说出来
也成了轻症

6
李克夫妇都在防疫前线
他说，内心也怕
一个班六小时
防护服笨重不透气
不能玩手机，不能吃喝
不能上厕所

经常垫尿不湿
有时候真想过
下辈子再也不做医生了
嘴上这样说
他的儿子
又在医学院实习了
我说，疫情过后
请你吃好吃的

7
谢朝阳
供电所所长
他说，下辈子
他会当医生
虽然辛苦
但能亲手救几条人命过来
一辈子都值了

8
太阳看起来
很健康
下楼，到无事溪对岸
做了几次深呼吸
空气温暖
双肺充盈
到过海拔五千米的昆仑
我知道
空气的珍贵

9
野梅枝条上
出现了
米粒大小的花苞
这比冠状病毒
厉害得多

一种病毒
总会有一种解药
而春天
谁也阻止不了

10
“每一个不曾
反省的日子
都是对生命的辜负”
——这是
我写在风中的标语

11
突然想
疫情过后
还活着的话
要骑摩托
一路走亲访友
看到每一个故人
都拥抱

12
如果有人不在了
就抱一抱他的老母亲

13
如果老母亲
也不在了
就抱一抱
他家门口的树

花鹿坪防疫记

1
村委会的高音喇叭
滚动广播着防疫须知
声音震动，抖落了
几块斑驳的锈迹
像一个站在高处的哨兵
看到危险正在逼近
为了挽救我们
一块沉默的铁
竟然变得声嘶力竭

2
这些天，我逢人便问：

你是谁？
你从哪儿来？
你要去哪里？

像是在一群普通人中
打听神的下落

而人间，如果真有神灵
那便是，我们面对灾难时
万众一心，汇聚而成

3
家外即是禁区
天下之大，何来藏身之处
“不聚会，不串门，不走亲，不访友”

关闭商铺，关闭娱乐场所
关闭旅游景区景点……

来吧，让我们一起
接受这短暂的监禁
与父母一起
与孩子一起
还有你，宝贝
再努力一下吧
患难见真情
请你务必相信！

4
疫情就是我们共同的命运
虽然生逢太平，但还是要战斗
走在我们前面的，有钟南山、李兰娟
有各地支援的医疗队伍……
许多人背井离乡
许多人离妻别子
一时之间，我似乎
又看到了，中华大地上
“母亲送儿打东洋，妻子送郎上战场”的悲壮

5
武汉封城后，云南省也迅速启动
重大突发公共卫生事件一级响应
昭通市立即作出反应。我也在
正月初三的早上，敲开了
花鹿坪13社返乡人员的家门
姓名、电话、身份证、出发地点
时间、交通工具……
有无咳嗽、体温正常与否……

我乃一介书生，身无良好装备
惟有一片丹心

6

病毒在身体上做窝，产卵
孵出一只沉默的鬼
或许就寄生在我们中间

谢正红从荆州回来
我询问过几次，一切正常
昨晚他和几个朋友喝酒
突然晕倒，第一时间
乡卫生院将其接走
和他喝酒的人，一直呆坐着
直到解除嫌疑，才敢各自回家

7

很多时候，只有讲出真相
你才能看到
里面藏着一线生机

从李崇福家排查离开后
他又追上我
道出高铁经过武汉时
他停留了十分钟

8

入户宣传
跟进了解嫌疑者
张贴疫情告知书
……

防疫一天，刚进家门
儿子便丢下玩具，兴高采烈地扑过来
被我一声呵斥住
小家伙愣在那儿，不知道发生了什么
去洗手间清洗出来
重新抱起他，父子俩啥也没说

隔离汝身，溃烂吾心
爱，也是一种病毒

9
活着是一件危险的事
你我皆用肉身，堵过宿命的漏洞

10
朋友，开心点吧
我们留下的所有笑容
都是死前，生命曾经绽放的花朵

我们说起最近发生的事

他总是听见一个声音
也许是在脑海里闪现的
听起来很悲伤
有一点像夜雨在轻轻敲窗
我没有去擦玻璃
悲伤的声音，也许可以洗掉灰尘
陌生的人正在死去
熟悉的人开始变得陌生
我们说起最近发生的事
说着说着
不知谁就沉默了下来
声音在我们脑海里消失了
外面的雨声越来越大

疫中杂感

一

这是无数年月里的一小段
这是无数场厄难里的某一次
它会成为回忆
会只剩下一串数字
我仍希望——
有人能从那冰凉的数字里逃脱而去
有一天，我们能掰着指头数一数
那些怎样也想不起来的名字

二

从一个人到另一个，从一个国家到另一个国家
从悲伤到悲伤，从祈祷到祈祷
从突然开始到不知道什么时候结束
灾难把时间熬煎得那么漫长，总有熬不过去的人

三

总会有一段又一段闪着寒光的日子
从一代又一代人身上划过
这是生者的侥幸，却不是亡者的宿命
不是谁替谁死去谁替谁活着
是希望所有人都懂得了感恩和反思——
再无人向死者索取债务
永有人去往长满荒草的坟地献上鲜花

四

没有谁是非见不可的人，没有什么
是非办不可的事
从来都是深陷于各自失败的身体里
而仍旧鼓舞着身后的人
从来都不知道坚持着什么
仍坚信能从别人的废墟里抱走自己的遗骸

五

一生和那么多人握过手
递出去的和接过来的大多是爱和温暖

一生不会有几个人可以促膝长谈
我们体内都埋着一场随时可能爆发的病疫

朱庆和的诗

ZHU QINGHE

房子

自今日始
你以苦痛和泪水
建一所房子
没有门
就一直住在里面

和尚

儿子在小房间
大房间里是妻子和女儿
他们都睡着了

我来到阳台
把洗衣机里的衣服取出来
晾在衣架上

又给花浇了水
火车的鸣笛从深夜传来
像是我走在铁轨上

一切都徒具其表
记得死去的母亲曾说过
我该去山里当个和尚

弟弟

我什么忙也帮不上你
无能的哥哥
只顾着自己在泥泞的路上跋涉
你双脚行走在玻璃碴子上
鲜血淋漓的弟弟啊
已忘记了疼痛

记得我们分别的那天
你嘱咐了我一些话
就像我是弟弟你是哥哥
望着你离去的背影
我在心里默念
“祝你有一个美好的前程”

哭

我哭出了声
我听到了自己的哭声
我感到恶心
那变了形的声音
真像一场表演
那是哭给别人听的
黑暗中的你发出了讥笑
我知道你从未离开我
就像你冰凉的手依旧在温暖我
也许直到我死的那一刻
才真的要痛哭一场
从此我们再也不相见

杨庆祥的诗

YANG QINGXIANG

疫（1）

如今不可吻你了
也不可牵手
也不可眉目传情

我用一阵剧烈的咳嗽惹你注目
幸好耳朵是细菌最后的屏障
似乎听见了

——“Don't touch me”
现在只剩下空的坟墓
等待无穷的人类填充

“你有你的一颗红肺
我有我的两手准备”

疫（3）

我在万达三楼成都小吃门口
碰见一个女孩
我们狠狠地盯着对方

——此刻如果我敢摘下口罩
她就一定敢和我热吻

我们各自打包了一份外卖走远
我点的是尖椒盖饭
她点的是麻辣米线

疫（4）

为了惩罚你
请摘下口罩，咳嗽三次

为了拯救你
请摘下口罩，咳嗽三次

为了惩罚和拯救你
把我的红肺给你去活

你呀你呀
一颗连花清瘟

你呀你呀
一粒阿莫西林

疫（7）

肺是空的
挣扎了良久

不知道在担心什么
一直在担心

一直在等一个停止
然后安静了

一天有一天的难
一生有一生的

“请给她吸一口偷来的氧”

雨水辞

有人在二月里写诗
有人在二月里祈祷
有人在二月里奔赴远方
追着殡仪馆的车，有人在二月里
撕心裂肺肝肠寸断。隔着冰冷的屏幕
隔着迢迢千里，一次又一次
你在二月里泪流满面，安慰自己
没有哪一个冬天不能逾越
没有哪一个春天不会到来
春雷滚动，雨水落下
万物开始蓬勃，有一部分春天
再也不能苏醒了

春天的焰火

除了一直下着的雨，还有
绚烂的烟花在远处绽放，又熄灭
黑沉沉的夜里，没有一个观众
此刻，整个世界是静寂的
一些人去了天堂，更多的人
无助地坐在黑夜里
我不敢拿起笔，记录下二月的雨水和泪水
彻夜凝视着窗外的那棵树，等待
春天的焰火，一点一点向我们走来

我等待

我等待
从石头里，取出淙淙的流水
从流水里，取出茂盛的树影
从树影里，取出清澈的鸟鸣
从鸟鸣里，取出浩荡的春风
从春风里，取出一枝半开的桃花
从桃花里，取出明媚的春天
庚子年的春天，我们好像等了很久很久
还好
万物都正在赶来的路上——

庚子年正月初二，回云南途中

除夕夜的雪堆满了大地
还没有融化的迹象
万木肃然，风未吹草不动
陷入黑白分明的沉寂
人间正在生病，我正在赶路
前方是百刀梁子，我想借它
一刀一刀，剜除感染人间的病毒
拐过一道梁子，乌黑的云层突然裂开
“好像云端里开了门”，有光落下
在一座锥形的山上。我相信
一定有更多的光，落下
在更多的山头上。大雪化尽
山河无恙，人间春暖花开

桑格格 的诗

SANG GEGE

春天最早开花的到底是什么树

昨天，我指着这个树
说这是春天
最早开花的树
黄色的簇花
叫槭树。你点点头
说喔，记住了
今天路过
我又说那是檫树
你说不要骗我
你总是骗我
我保证，反正
不是槭树就是檫树
没有第三种

剩下来的事

她说她回去了
不麻烦你们
不需要人陪
大家都不容易
冰箱里还有剩的菜
买的东西也要去取
把家里打扫一下
虽然妈妈昨天去世
但这些剩下的
事情，也要处理
谢谢你们

警觉

对面阳台上
有人探出身体
我保持警觉
因为最近一些
悲伤的事情
仔细看，原来
是那个人
打算油漆
自家的护栏

志愿者小朱

志愿者小朱
他去帮助人
陪着两个艰难的人
度过一晚
看见房间里
有纸张毛笔
问可以写字吗
说可以写，随便写
他写下四个字：
武汉加油

猎户座的三颗星星

入夜了，想去走走
忙了一天
眼花，头也是晕的
抬头看天空
猎户座的三颗星星
在那里，很亮

它们昨天也在
明天也会在
一直都会在

樱花树下

樱花树下
停了一辆绿色
顺丰电动车
快递小哥
从楼梯上跑下来
一眼也没看
那些树下的花瓣
开着车
就碾了过去

采茶

茶园里
一个中年男人
戴着口罩
在采茶
边采边唱歌
歌曲是
《红楼梦》里的
《葬花吟》

春笋

在楼下
撇了一根笋
上楼烧汤

张姐说
你撇老了
再嫩点才好
我把火关小
穿上鞋
又下楼了

四分之一，和二分之一

一只很小的鸟
站在枝头啼叫
个头是一般鸟的
四分之一大小
可能在春天
孵化出来不久
它的叫声
却不小
音量有那些大鸟
的二分之一

韩少君 的诗

HAN SHAOJUN

下半场

热闹是一时的
除非他们
把动静
捂得太紧
嘭的一声
是必然的
除非气压不够
如同这二月天
让人喘不过气
引颈望一望
楼下那棵老樟树
枝尖上的小籽粒
满胀着黑色光亮
似乎不用去捏
也会自动爆灭
老人大多出来了
开始在小区的阳光下
缓慢流动,自顾自
左手拍打右肩,天啦
如果他们摘下口罩
你会怀疑另一个
时代已经降临
孩子们还在被窝里
回答下沉者的提问
靠刷手机等待
上帝之臂
我家女儿
就是其中之一
看上去他们

好像知道了下半场

阳台纪事

恍惚间，封城已有35天
照例是半日牌局，之后就剩下
那块嘉陵江的灰绿石头
还陪着我,在午后打盹
暗流冲刷精心铺设的前厅

有乱石旧缸置于墙角
破损的小神仙躬身半蹲
用软皮管反复清洗尘灰中的木脸
啥意思也没有，让她
把庚子年的春天看得更清楚

窗外水杉林边的小溪流，在汇入
汉水之前，已失去了它的源头
用管道、提案、纪要、润滑油，借助
一些暗物质和泵恢复两边土地的动能

现在，我该干活了
把枯叶和几天的烟泥埋入花盆
忘掉腰伤，忘掉药丸，忘掉数据
空寂阳台，我独自与逃进来的蚊子作战

“尘世中没有什么我想占有”
暴雨之前，认清几个同伙
明白谁人在隔岸听雷
这时，我要在阳台多待一会
灯火中继续空下去的城市
路口又多了几个凄凉的灵魂

庚子春

小区的木椅上堆了几坨鸟屎
封城后的街区小巷有了异样的响声
催眠师领着一群人，戴上护目镜
趁着午睡悄悄出城了
哇,诸神照料的山脉、湖泊、旧木、机械
在初春复活，依然一派欢喜

灵魂疲惫

常常是这样：我在此，灵魂在别处。
最远到过北极星的后面，也曾经，
隐藏在肋骨里。怎么劝都不出去。
窝囊废，懒虫，没出息的，都说过，
但刺激没有用。
常常是这样：灵魂疲惫，从远方归来，
一无所获，却发现要找的东西，
就在体内。
为了莫须有的事物，
我几乎耗尽了一生。
其空虚和徒劳，有如屎壳郎跟着屁飞。
悲哀莫过于知其缘由却听凭命运的驱使，
一再出发又返回。
我这个人啊，可能改不了了，
我原谅了所有的事物，唯独不能宽恕自己。

走铁轨

火车立起来就不会走路。
铁轨竖起来就是天梯。我走过铁轨，
差一点从云南走到越南，返回时，
遇到了天空。
那是一个下午，云彩只给美女遮凉，
其他人晒着，没办法只好走进黄昏。
真的有点累了。
就是跟在神的后面，
也会有疲倦的时候，
幸好我这个人，

一条道走到黑。
后来有人把我写进了诗里，
说我是某某的化身，说我从星空里，
取回了书卷。
实际上我只走了一个下午，
从云南，走到了云彩的南面。
火车直立着跟在我身后，
像一个钢铁的巨人。

正午

正午，阳光从头顶灌下来，
有一种灼烧感。河流晒得发亮，用软肌肤，
在拼命反光。

河滩里有一个影子，是我去年留下的，
还有一块石头肚皮朝上，是我掀翻的，
是我干的，我都承认。

不是我干的我也承认了。
越过原罪，我发现了心灵的背面。

总是有意外收获，除了捡石头，
我还获得了整座太行山。

直到下午，
许多往事从人间蒸发了，我还在。
我的脚下踩着地球，它若突然掉下去，
我就抱住自己悬在空中。

万古愁

柞树有一小片阴凉，但旷野没有。
我坐在树下的石头上，病了，我的病，
是万古愁。

六十年前，我也曾发呆，
幸好一群鸟，从天空带回了我的灵魂。

鸟群消失后，空气也去了别处，
我走到如今，成了他乡的一个老头。

旷野向远方散开，没有聚拢的可能性了，
一棵树，能坚持多久？

我坐在树荫下，一个人，
不知想什么，却一直在说。
我说了也没人听见。柞树和我一样，
是木头。

二月十五日，见梅花

小雨刚过，
你花蕊里的睫毛挂着水珠。
花瓣，是被风抚摸后的柔软。
只有树干，又黑又硬，
说着你在冬天的寒冷遭遇。

天黑了，夜像一个巨大的摇篮，
你用香息摇着它，
给黑暗以安慰。而在

被管制的人间，在戴口罩的人
不断走过的时候，
你又悄悄开了几瓣。
你没有恐慌，柔弱花苞，试图
为我们被攥紧的心脏解围。

——最纯粹的希望，
首先救出了悲伤的枝条。
你寻找着我们，用你
消解过空气中荒寂的笑容。
你美丽的面孔

正是我们等待已久的面孔。
在你薄薄的碎影，和脚印里，
山冈，像在重新出生。

庚子正月初九雪中送三哥远行

这是今冬的第三场雪
三哥　我知道这雪是为你而落的

雾雪纷飞啊
这世界已同你一样明净

所有的树枝上都挂满了白色的花朵
这世界在一片静寂中为您送行

唯有我的哭声是不和谐的
但我止不住悲伤啊
泪水从心底不由得涌流

别了三哥　我亲爱的兄长
你看太阳也用阴云的挽幛掩住了面容
原野上大雾在一片洁白中升腾
万物簇拥你走上了回归的路

长歌当哭啊
我心中回荡着无尽的悲鸣
别了三哥　别了我亲爱的兄长

倾听早春

那拖长声音的是灰喜鹊
那婉转明丽的是暗绿色的白头翁
尖细短促的是麻雀
那大声聒噪的不是乌鸦

是闪动钢蓝色翅羽的大喜鹊
斑鸠不叫　它站在
还未返青的树枝上梳理羽毛
有冠羽的啄木鸟为什么在枯草上散步

读累了手机微信
不想看千篇一律的电视新闻
我仰身阳台的帆布椅上
忘掉愤懑和悲情
静静地倾听群鸟啼叫的早春

落英如雪

是啊　落樱如雪
只能在照片中看到这一片繁花
美得令人无语
闻不到花香　看不到人迹

这是庚子年二月的武大校园
珞珈山和东湖因悲伤而沉寂

“后皇嘉树　橘徕服兮”
“受命不迁　生南国兮”

是啊　我也有屈大夫衷心的期盼
我也有“苏世独立　横而不流”的意愿
楚天之下　看
满园落樱铺了一地
为什么　我的心中会徒生悲戚

长乐坪送物资的车队

八辆大卡车摆成一条长龙
停在长乐坪镇的马路旁
每辆车都装得满满的
仿佛把整个长乐坪都搬了上去
村民们还在使劲往车里装

他们是长乐坪镇17个村的村民
一群穿粗布衣的土家族兄弟
我们生生世世的衣食父母
村民们踩着积雪，肩挑背扛
硬是凑来了支援武汉的85吨物资

这些都是他们用一年的汗水
喂养的土豆、红薯、大米和蔬菜
还有平时舍不得吃的腊肉、猪腿、香肠
高大爷挑来了家里唯一的四壶菜油
七十多岁的杨婆婆把自家做的
调料、酱豆满满装了一袋

生活还非常贫困的冯爹爹
背着几捆大白菜
一步步从山上送到山下
他说我只能提供一些蔬菜
这也是我的一点心意
一定要帮我带到武汉去

武汉疫情牵动着长乐坪人
连柴埠溪也深知了人间的疾苦
浪花里携带着泪滴流淌

岸上的车队，更是一条爱河
油门一响，车流向着武汉出发
有如柴埠溪向着长江汇合的流势

今年我的这个城市流行着白色

今年过年，武汉没有下雪
但被新型冠状病毒肆虐的江城
却下了另一场雪
一群白衣天使从天而降
逆寒流而上，安徽、上海、广东、重庆
北京、山东、浙江、海南、黑龙江……
全中国的雪，都下在了武汉
使整座城市漫天飞雪

这一场春天的雪，天上没下
地上下了，天上没白，地上白了
白衣、白帽、白裤、白口罩
白色把身体裹得严严实实
放射的光芒足有几分杀气
必是一切疾病的克星
白也是圣洁明亮的代名词
要把一座笼罩着阴霾的城市擦亮

即使戴上口罩，我也能认出你
或许我不能喊出你的名字
但我知道你是白求恩南丁格尔的化身
你们有一个共同的名字叫白衣天使
天，是人命关天的天
使，是使命担当的使
穿上白大褂就深知天使的责任
说穿上这身衣裳就什么都不怕了

今年我的这个城市流行着白色
白色正在以生命的名义死死捍卫着武汉

春天

这泪水洗过的春天，还是如期而来
花朵如美人经历乱世

滚滚雷声在为病毒送行
春雨淅沥，记下了悲伤

前几日还是寒风瑟瑟
今天已暖意融融

日头比我的窗子矮半截
春，就在野外的树枝上赶路

樱花开了，樱花飘落如雪
对待春天，我已有了草木的耐心

梦里的动物

我在梦里见到了那些动物：
蜷缩在笼子里，如单字被挤变了形
拼不出峻拔的复句。我走近它们，
去辨认鳞甲上的伤痕、羽翎间的血印，
它们齐刷刷地转向我，像擦皮划亮
惊觉的火柴。磷烟将我推到梦的
外面——唯有夜雨，扑灭野性的躁动。
城市冷光淋漓，不动的人造星星。

人类被隔离在方舟的茧舱里，
依血缘分类，看钟表进食。
历史对我们说，海水终将退去，
到达新世界，只需要漩涡中弹出
拐点的琉璃珠——右舷的望远镜里
颠簸着一抹绿。人群涌上甲板
朝未来挥手，却找不到双翅健全的
鸽子，去带回梦穴之外的真相。

在橘园

还需要一点耐心：果实，将从
枝头坠落。等它们有骨有肉，
拳头攥紧，就会扑扑跃下！
瞧这砸在地上的狠劲——
降落伞里，一定藏着有生命的野兽：
敦实的驴，蹦跳的鹿……田沟里
滚动的，是求生的角马和瞪羚
在迁徙：追着风跑，追着晚霞的血衣跑！

那么，再多些耐心，等火红的大象
从西山的褶缝抽走尾巴，等一枚新橘
蹿上天空。它的汁液，如
夜莺的歌喉：蜜的丝线垂向倒悬的海。
厌倦了尘土的黄鸟们，快快
飞回枝头吧！将翅膀缩入
小小的子宫，如橘瓣那样彼此拥抱，
然后将脐带连到同一棵树上。

《尤利西斯》，第十三章

落日的兰花指，将他引向一个少女：
在银滩上出神，她胸腔里的温柔，
将玫瑰色圆丘投向细沙的画板；
当她对着大海里的浮木撩起衬裙下摆，
晚钟正穿过黄昏飞来，缠住她手上的
十根弦，在怀里织出紫藤的宫殿——
从这里迎向他，完美无瑕呵，
如泉眼一般的白鹭天使瑙西卡。

他会佯装成刚从巨鲸的木马中
跳出的吼啸，而不是在背后的城市
漂泊了一天后被排放的呻吟。
而此刻，她却跛足走向另一种命运，
羞涩让她转身；正如卑怯让他远远跟着
那深浅不一的两行脚印，低首朝肠道
踉跄而去，如蚯蚓钻回黑暗——
去遒劲的根系间扒拉箭镞与热血。

无枝可依

从下午到黄昏，这只鸟在楼顶盘旋。
它没有停歇，它似乎不愿停歇——

天空的球面镜上小小的一粒悬尘。
早些时候我曾见它落在草丛，边啄食
边往前走：一瘸一拐，当左脚
踏出，整个身体就像倾斜的高脚杯，险些
溅出红汁。很快它抖动翅膀，取得平衡，
后来干脆以飞行的完美勾除了缺陷。

弧线，几次从我眼前的樟树划过，
如一艘游轮，被码头退还给无常的大海。
它在树梢搅起一阵阵悸动，终于
朝晚景中的鸟群振翅追去，临街的梧桐
沿湖的弱柳都没能诱它驻足——
或许，它也不忍心站在城里的枝头
垂瞰孤单的孩子在树影下恸哭，还有
冬夜寒风中苦等病床的重症老人。

凌晨四点的失眠者

梦里的合唱团将他推出来，黑夜
为他的辗转腾出一个空位。
乌纱，盖住琴键上的双色梯田，
一双手在暗室里摸索音栓的种子。
他能听见自己的呼吸：一个人的孤独，
是刺穿寂静的针。他想着如果
千万人的呼吸拧在一起，会不会绾成风，
如蝴蝶的翅膀扇出山呼海啸……

他侧侧身子，从最细微的动静中
用时间的精确隔开动和静——
窗边的高树是窣静的，而月影在移动；
几里外的长堤是肃静的，而江水在流动；
茧是哑静的，而扑火的飞蛾动人心弦……
他好似在万物之中听到世界的心跳，
三月的黎明，将在这激动中
到来，哪怕比往年晚了一天。

琵琶记

不用问镜子，她知道闭门索居
足以将孔雀急成鸸鹋。
一个月来，外面的消息像啄木鸟医生
携银针到访，让人直想把耳洞
埋进沙堆。一把柳叶刀留在身体里，
仿佛在受潮的乌檀木上掏擗
她咬紧牙关提起颈椎，镂空的瓢
从恍惚里浮起，抖落满地刨花。

有时候她觉得，身边的故事是从
书里爬出的蠹虫：别离，恐惧，幽愁暗恨。
而那柄游刃，还继续贴在肩胛
和锁骨上：将她的身形削成半个枇杷，
接着凿出弦槽和覆手上的小孔……
于是她举步踱向露台，仿佛要去
向阳光讨四根弦，这样就能低眉信手
拨弹出铮　的人世悲怆。

惊蛰之后

梅花错过了，迎春花也错过了，
还有早樱、玉兰、油菜花、桃红李白……
怎能想象这三月盛大的原野：
万物复苏，空无一人？
蜜蜂即将复工，它们搬出空空的糖罐
在蜂巢前的跳台摩拳擦掌。
但今春的蜜或许有点苦，正如
这一年清明前后的雨水注定是咸的。

我们都是从悲伤里慢慢往外爬的蚁人——
在大寒后突然裂开的地坑里，
学会贮粮，学会冬眠，以及如何

在黑暗的溶洞中收集石笋和爱。
我们都在挪向一个出口，在电影散场时
从银幕里面钻出来，然后就安静地
坐在火山口边缘，等落日轰鸣，
将壮烈的玫瑰推送到我们的触角。

返京记

想了很多天，狠下了心
决定：不让母亲
跟我们一起回北京

像是一场谈判
我条条陈述理由：
朔州是小城，当下
该返回大城市的多已返回
人流只出不进
与北京不同，更安全

母亲的焦灼则来自
我们身边，缺少做饭的人
她说她可以不出屋

你不出屋，但是我要上班
要乘公交地铁，你一样
不安全，年龄大的人，风险
更甚，况且你一定忍耐不住去集市

返京出门时，有些
不敢看她的眼睛，兄弟俩
开七个多小时的车回北京的家
屋子的空荡，让我揪心
母亲，好像被遗弃了

嘱托

不能平静的春节
科比陨落，詹姆斯
痛哭，难以自已
“我向你保证
我会继承你的遗志”
一厢情愿地接受嘱托
仿佛那个人，还会微笑
还会注视

武汉市民倩倩的母亲
大年初一
隔离病房去世
留给女儿纸条
“别嫌妈妈唠叨
过日子要精打细算”
日子要照常过下去
仿佛那个人，还会微笑
还会唠叨

家居

笑容突然凝固，又一次
惊醒：人群中
我，怎会未戴口罩

惊弓之鸟、风声鹤唳
风雪夜归人
初春中走得好慢

从冬到春，学会了
端详

面粉、葱、姜、蒜
微小之物
皆有筋骨、热烈、绚烂与绵长力量

学会了做饭
“勤谨勤谨，衣饭随身”
学会了刷锅刷碗
技无它，手熟耳
熟练度冲淡日常无用之用带来的焦灼

学会了耐心
在一日日大同小异的循环中
寻找微细光芒
学会了珍视
每一颗米、每一根菜叶
那掉落地上的
捡起来，吹去灰尘
都可能救活我们的命

修枝

从冬季遗留下来的房屋废墟中
升起延绵的群山，晦暝的天地
吻过女儿，我打开黄昏栅栏
用锯子，锯掉枯枝
用园艺剪刀，修掉败叶
哦，那棵青枫将御风绝尘
飞出我的庭院

一朵云，从我的头顶上经过
它这一日，一年，一生
划过天空的四季，与一个人一样
终会成为雨水，降落下来
或者变为水汽，消失得无影无踪
成为参与循环的废物
化为禁欲般的黑暗

在我顾影自怜的眼眸中
寂静燃烧的树林，依稀可见

无题

墙垣擎起一朵蒲公英
你的悬崖，你的墓室

我，另外一个人
从桃花的影子下走过

翻译上帝的人疲惫不堪

吞下纸上的烟尘，作别黄昏

在忧郁的星云间，我们舞蹈
你的幻夜，你的国度

致东荡子

我想起你四十九岁的暮年
去年的雪不在今年下

瞧，我们白菊的脸庞
飞出黑蝙蝠的女儿

大海埋藏岁月的幽愤
你的胡子仍高傲地翘向星空

莫奈花园

在莫奈花园，我们折断羽翼，
度过一个赤裸春天。

林间散射出光束，寂静的画笔。
桤木的阴影下，少女们如风一样走过。

浮云放慢忧伤的脚步，
在不可触摸的美中降落。

纯粹与光线，超越时光的慈悲。
烟霞之中，隐藏着对万物的辞让。

谁还记得死亡流水线？没人回答。
水滴在睡莲的叶片上酣睡。

吉维尼的阳光，从泥土中获得纯洁的茎秆，
……摧毁黑夜。

印象果园，敞开
一扇大门，还有一条通往远方的路。

空街道

三月了，街道上仍是冷清
从鹏飞路到大学路，一路铺满了落叶
和沉重的木棉花

它们多么像曾经的人群
挤挨着人间，在普通的日子
发出细小的交谈声

想起封城的武汉，那儿的街道
此刻应该更加空旷和寂静
一些人再也不能在春天，走上街头
在落叶声中辨认自己

而落叶就是我们每个人
它们落在江北，或者江南
替每一双鞋子
走过那痛苦的土地

插管简史

人生观和世界观之间
更细微的差别，似乎很难把握——
除非你在梦里梦见
一根管子正从侧面慢慢插进
你的身体；从背景上看，
好像是在方舱里。除非你尖叫着醒来，
这插入，才会中止。假如只是
口头拒绝过，完全无法阻止
一个管子在你的梦里的自由行动；
救命用的，但真到了
不得不插管的地步，人的痛苦
也就失去了意义。而这样的尊严
体会起来，仿佛有点过于苛刻。
但如果把你和树互换体位，
把时间固定在白天，或许
事情就很好解释了。新栽的梧桐，
树干上架着梯子，那身穿工装的园林师傅
斜靠在梯子上抽烟。走近才发现，
依旧是，从侧面插入，一根管子
正将一小袋营养液慢慢注入树心；
如果不这么做，它会死吗——
面对我的好奇，师傅用打量外行的眼光
轻蔑地在我身上快速扫了一遍，
差不多吧。谁会让这么贵的树
去冒那么大的险；不输液的话，
就等于让它和死神打赌。

2月4日穿越武汉三镇

11点半的时候
120的救护车到了
要把家里发热的老人
送到同济中法新城医院
我坐在另外一辆私家车里
准备跟车　去办入院手续
救护车开得很快
不久就跟丢了
我们上雄楚大街的二环
在鹦鹉洲长江大桥
碰到第一道岗哨
看证件　测体温　放行
在沌口　看到不少路标
印着火神山医院
蓝底白字　样式很新
到火神山医院前
碰到第二道岗哨
查证件　测体温　放行
经过火神山医院的工地时
正是建筑工人的饭点和午休时间
一个个戴着安全帽　穿着工作服
和套鞋　有的戴口罩的工人
扯下口罩到嘴唇下方
吃盒饭　或者抽烟
路边　整整齐齐
停满了挖掘机和渣土车
道路上铺满红色的泥泞
感觉被冲刷过好几遍了
仍然无法被冲干净

向前再穿过一个山体隧道
就进入了中法新城
街道疏朗　空阔安静
来到医院　老人已经被安置上了病床
办好入院手续　然后回武昌
火神山医院通道已封闭
改走汉西古田方向
经过岗哨　一路畅通无阻
在微凉而又刺眼的阳光中
几乎看不到行人
只有城市的公共设施
显得比平时放大了几倍
这时　它们才像是这个城市的主人
在微冷的春天中以独有的语言表达自身

送亲人去隔离

亲人要去隔离　我戴好口罩和手套
拖着已装满的行李箱　一起
去小区的大门上车
车是敞篷车　上面还喷有城管的标志
就是那种平常用来没收违规商贩的器具的
车停在小区大门外　等候着
亲人拿过行李箱　走出小区铁门
上车坐定　然后朝我招了招手
我也向她　把手摇晃了几下
车走后　我徒然觉得一种孤独
这孤独并不在我身上
而是在她远去的背影中

老人从医院打来电话

老人2月17日从医院打来电话

说病情本来一直很稳定
但15号那天雨雪交加
医院没暖气　受了冻
病情突然加重了
他说　医生也觉得事态严重
问他同不同意插管
他说算了　医生风险也大
插管害人害己
老人说　他现在担心的是身上的钱
留不下来　外套里有两千元
贴身的夹克里　平时缝进去了不少现金
要是万一不行了　不能一起烧了
我们听后默然　老人一生节俭
如果真有不测　带一些真实的人民币上路
应该比在清明后收到亲人化来的冥币
手头更宽裕些　更有购买力

坟头鸟

从3月10号开始　在小区鸣叫了
一个半月的树莺不知何故飞走了
这是最能治愈我的鸟鸣
这一个半月来　从早晨
到黄昏　每每我听到它的声音
人就获得了释放　身体也变得轻盈
吁——绿泥　吁——绿泥呢
这回环清越的声音
给我的世界打开了一个新的维度
20年前　我第一次在坟头听到
树莺的鸣叫　从此不忘
很多次它就在坟头的灌木间
近在咫尺　但它飞得太快
最多只能看到一个侧影或背影
它或许是一个个体主义者

独来独往　藏身于山林
热爱山的渊静　也同情人的归宿
那些归山成土的人
在它的鸣叫中　得到祭奠　接纳和度化
我曾查过它的学名　叫强脚树莺
由于强脚二字让我觉得碍眼
我更习惯叫它树莺
这能让我联系起白居易的诗
自在娇莺　或浪漫派诗中的夜莺
我甚至还叫它山雀子
作为我私人化的一个绰号
在小区这么多年　我是第一次
听见它的鸣叫　它的家应该在山上
这一次或许是接应完几位小区中的亡灵
就归山了

Covid-19肆虐时

从前，我只有今生
现在，我有了今世
这不是伟大的纠错
是我再一次
背井离乡

不安

没有哪一团火自愿蛰伏
接近瀑布的水流加快了速度

瀑布之下，深潭中
有人向你游来
手上擎着火把

火，要么让人失去藏身之地
要么像一颗失效的药丸

你知道，擎着火把的人
奄奄一息
而你逃离之快像全速接力

2020年之痛

啊，终于知道
什么叫疾苦了
同疾苦相比

你的焦头烂额算什么

疗治它的必有仁心
你知道仁心了
同疾苦相比
仁心远远不够

当你试着扪心自问
直到你的耳朵
像配上了听诊器
你的心跳
是一支什么样的进行曲
如果肺腑饱受攻击
你的心跳
又是一支什么样的进行曲

最悲苦、最冰凉的泪水
是流进耳朵里的
你是过来人吗
过来人都死过一回

你还知道些什么

苦楚

在阳台上透口气，自夕阳西下
坐至暮色降临。鸟鸣渐稀
接近满月的月亮
越来越亮
真像灵药终于现身
从窗口吹进来的风
像小心翼翼地吹着
你手上捧着的一碗药汤
喝吧，低头喝下这空幻之药

苦的。而万千游魂
正欲一尝

追问

无影无踪又无处不在
同它相比，思想太肤浅了
不如莲蓬头下的热水
经验，也不过是盲叟
在突然失火的房子旁边
暗自垂泪

无影无踪又无处不在
在它面前，我们太迟钝
在它眼里，我们憨态可掬
谨小慎微，恨不得一身盔甲
像软体动物，它的另一个名字
——爬行动物，速度
远远超出它之所需

一段脱节的日子
猛踩刹车，打转的轮胎
在地上留下黑色印记
像学童
以指甲狠狠戳出的划痕
对付书上无比费解的字句

大厨师袖手
小厨师厨艺大长的日子
空酒瓶对你敞开心扉的日子

在幽闭的病房，好心的护士
为终于醒来的患者卷起窗帘
春天，慈光照临的日子

无处泊岸的游轮
依然是苦海无边
无望的航线，为糟糕的世界
再添一道裂隙

无影无踪又无处不在
以冷漠的无偏见
瓦解人们脆弱的自负
所以，迟到的努力
只是杯水车薪
孩子，哭吧
唯有幼童可以放声悲泣

而水与火古老的敌意
同时以另一种方式在延续
那容器巨大，童子般的火苗
永不足以让一锅水沸腾

爱上自己的家吧
虽然它只能在幼儿园
或养老院之间作选择
所有的追问都显得天真
所幸，还有天文学
告慰我们
地质学那般饱经磨难的面容

留灯

去年离开武汉时
我在家中客厅留下了一盏灯
我希望我离开后的家
不只是几间冷寂、空荡的房间
它还有光、有温暖

其实这是母亲在世时的习惯
只要晚上有人没有回来
无论阴晴还是雨雪
她都会在靠窗位置留着一盏灯

从过去的煤油灯白炽灯
到如今的日光灯，母亲一生
勤劳节俭几近于吝啬
但在留灯这件事情上从不含糊

因此，我有了家后也像
母亲一样，只要有人离开了家
我就在家中客厅里留下
一盏灯，只是这次，我是专门

为母亲留下的。母亲在
去年夏天离开了我们，一个人
长眠在老家幕阜山中的
一个荒凉山坡上。我想母亲

如能从她的世界来看我
即使家里没有一个人，也还有
一盏灯在温暖地等着她

就像当年，她安详地坐在灯下
等着我的归来

鸟雀的欢鸣使人伤悲

来，我们彼此辩论[①]
早晨起来，八哥和灰喜鹊站在枝头
对门前的高压电线叫个不停
电线一头高高的电线杆上
绑着一个高音喇叭，里面
正反复播放着疫期禁止聚会的消息
喇叭和交头接耳的鸟彼此
叫个不停，像失控的乡村小学课堂
和村东头群众大会的现场
鸟雀不知人间正在经历一场大劫难
它们叫得那么欢
让人伤悲

① 语出《圣经》。耶和华说：你们来，我们彼此辩论。你们的罪虽像朱红，必变成雪白；虽红如丹颜，必白如羊毛。

鸟鸣

早晨醒来
雾霭依然笼罩着昨日的大地
如果没有鸟鸣
世界多像一部旧时代的默片
但有鸟鸣
好像也没有东西值得改观
清亮的鸟鸣在封门闭户的村庄上空
此起彼伏
像一颗颗子弹破空而来

无非是继续衬托着
幕阜山此刻巨大的宁静

背蛇皮袋的女人

车到达沙堆镇时
上来一个瘦弱的背蛇皮袋的女人
袋子显然并不重
在那辆老旧汽车开动前
她毫不费力就把它卸在车门一侧
那些戴口罩的乘客们
都把目光投向那个蛇皮袋
好奇地看它鼓鼓囊囊又咔咔作响
蛇皮袋露出它的真容
是在一个拐弯处急刹车时
先是一个彩色皮球从中滚了出来
接着跌出一只塑料斑马
和一辆断掉长臂的塑料挖土车
玩具，全部都是玩具
车平稳后女人上前捡拾皮球
车后一个小男孩兴奋地叫了起来
司机则大声提醒女人
把东西收好后放到自己的座位旁
但女人并不急着收拾玩具
而是拿出一块旧手帕
系住自己的口鼻，颤巍巍地走向
车厢后座，把塑料斑马
递给那个小男孩

东湖梅花

去年这个时候
母亲的双腿越来越疼

她怀疑是十年前的腰椎手术失效
她给我打电话时
我正在东湖磨山看梅花
粉的、白的、红的、紫的、绿的
一片春去春又回的景象
那么多腿在梅树下来回穿梭
有的悠闲，有的轻快
唯有我一个人的脚步越来越沉
越来越重。如今母亲
已不在人世，我也不在武汉
听说封城后的东湖磨山
罕有人迹，想那空放的梅花
一定如我去年此时
内心的悲凉

看不见

你看不见我的窗外
我看不见你的世界

此刻的我有着深深的厌倦

厌倦东拉西扯的云
厌倦漫不经心的阳光
厌倦无缘无故反射的无规则光斑
厌倦浅蓝色的铁皮瓦屋顶，它一直停驻在我眼前
昨日的大雪也没有让它变干净
厌倦偷偷溜出来的老妇人，又一次
她在栅栏的另一侧，逡巡。口罩
像朽木上软耷的蘑菇

我知道梅花还在开，在窗下
开在她开的时候。一堵影壁
掩饰了她，隔离了她与空荡的道路
这是她来到这里的第一个冬天
她和她的春天蜷缩在影壁和楼体间。每一天
我开窗，她透气
我关窗，她越睁越大的眼睛
望着天空

没有什么是一览无余的，更多的
在潜伏，在暗中等待
老妇人蹒跚的身影被生锈的铁栅栏
一帧帧地分割。慢动作的撕裂
发生在她的头顶，我的窗外
那些云，暧暧空中灭[①]

无名，无姓，无告别
无余晖：像祭祀的血被看不见的嘴吮吸

厌倦这个世界风卷残云的
舌

凡是能够到来的
都已经离去[②]

① 引自陶渊明《咏贫士》（其一）。
② 引自里尔克《精神错乱在花园里》，陈宁译。

刷屏，看到一个视频

人类躲起来，把世界让给
世界的所有者

不要给我看空旷的街道，寂静的
河流，无人的广场，纪念碑纹丝不动
不要给我看你们城市的标志物多么落寞
我早该闭眼，把所有痛苦的哀号和求救的呻吟
锁在内心，不许它们与接踵而至的敲门声
里应外合

樱花开了便落你不知道吗？焦虑
什么呢？遗憾和悔恨在哪里
我写着诗，不是为了回应这世界
繁华不是它的真面目，死寂只能消逝在寂灭中

札记，武汉封城第六十三天

天色晦暗，隐雷阵阵
像一个人奋力擂鼓，双臂被人从背后紧紧箍住

像回放的慢动作，他的嘴大张，头向后甩去
更多的人蜂拥而至

闪电疾速划过，像没有来过，没有照亮什么
一只狗跟着他的主人慢跑，雨点中，左顾右盼
终于发现阳台右侧的枯木还活着
苍老的虬枝把豆芽式的叶子，戳在墙壁上

屋里的吊兰开花了，茎秆那么纤细，花蕊这么密集
它将弯下腰去，这是它的使命
越来越深地，弯下去，为了一粒粒小花向着虚空的
最后一跃

祈祷辞

无论你是谁，因何而故去
我都为你祈祷

我一直在祈祷
我一直祈祷祈祷中的力量

为我自己还能祈祷
为我自己还能相信

雨过天晴
窗外那盆越冬的金钱橘倒下了

在它倒下的地方，陪着它度过冬天的几盆五颜六色的花
撑着它，望着它

不是第一次有雷电交加的记忆，在深夜
我也不是第一次祈祷闪电不要击中泥泞里行走的人

让他看到黑暗中微弱摇曳的火

但不要在无辜者的坟前

不要让我在你离世后祈祷
不要让我不相信会有一个新世界，在我去找你以后

割草

青草的气味在被拦腰斩断时
才能嗅到吗

割草机，斜挂在割草工的腰间
巨大的轰鸣声在后，两齿刀片匍匐向前

季节性临时工，唯一被允许
进入草坪的人

他走遍青草的聚集地，双手
平稳，专注于手头的活计

叼着的烟让他眯缝起一只眼
下巴上的口罩来自冬天

四溅的草屑被清扫，收集
在垃圾桶边半蹲的黑色袋子里

仿佛什么也没有发生
却又焕然一新

汁液的气息流淌到天色微明。不绝于耳的轰鸣声尾随
一个震荡不已的梦：割草工稳稳地走来

高速旋转的刀片画着圆弧，他屏住呼吸
像手持探雷器

一个超负荷的群体

不用一一说出你们的名字
你们是一个群体
生与死的危难时刻，你们把自己的命押在了第一线
唐山、汶川大地震、非典防疫现场都有你们的身影
抗击冠状病毒，你们又出现在与死神搏斗的最前沿
你们是舍生忘死的人
你们是救死扶伤的人
你们是在封城隔离后置个人生死不顾，走进疫区的人
你们有英雄的壮举，从没把自己当英雄
那些被你们从死神手里夺回来的人相信你们是白衣天使
作为死神的敌人，你们是患者心目中最可爱的人
“病”临城下的生死关头
没有硝烟的诊室和社区是你们的主战场
一座城市的压力有多大，你们对生命承负的责任就有多大
以前，感冒、发烧、咳嗽，扛一扛过去了
现在疫情危及自己和他人生命，谁也不敢马虎
生命的重要，病状被恐惧心态放大
疑似的，要诊断，确诊的，要救治
发热门诊一天要接诊上万人
满负荷，不！你们是超负荷耗损自己
口罩、防护服、床位、医疗器械都跟不上
就诊待检的队伍却越跟越长
焦躁，愤懑，不理解，甚至飞沫都跟着情绪压向你们
你们忍受着委屈和误解
知道连轴转、白加黑会使免疫力打折
接诊就是和冠状病毒殊死搏斗
每一个感染者都可能把你们感染
但你们用钉钉子精神把自己钉在岗位上
你们当中有身患绝症仍在出诊的院长

有在发热门诊累得腰快撑不住自己，却被患者指责的医生
有为了省时把一头长发剃度的护士
真的要谢谢你们
你们以自己超负荷的负载在为人们做心理减压
你们耗竭着自己有限能量在为自己热爱生活增加能量
你们让我看见了责任和使命的
重量

一月
23 24 25 26 27 28 29 30 31
二月
1 2 3 4 5 6 7 8 9 10 11 12 13 14 15 16 17 18 19 20 21 22 23 24 25 26 27 28 29
三月
1 2 3 4 5 6 7 8 9 10 11 12 13 14 15 16 17 18 19 20 21 22 23 24 25 26 27 28 29 30 31
四月
1 2 3 4 5 6 7 8

封城记

魏天真日记

2020年1月23日

引子

子夜的洒水车

今天是1月23日。官宣封城。有如此多的“幸亏”促使我动手写这个“天天宅记”。

20日，鬼使神差搬个家。房子根本没有装好，考虑到书籍整理的耗时费力，我们就搬家了，如意算盘是白天在新居整理，晚上回旧家休息。20日是最近唯一的一个好天，幸福搬家公司的一辆大车跑了两趟。带头大哥说，除了给华科图书馆搬家，他们还从来没有见过这么多的书！可不，这就是我们急着搬家的原因呀。搬家的帅哥们又谦逊又热忱，面对他们的褒奖，我暗自得意却表现得很惭愧：只可惜是“书”富五车，“学”并没有。

21日，早上冒雨前往九峰山。我对天无说，因为他道破了天机，今天去墓地不可能再有好天气了。如此说法也是为了掩饰心里的不安和不甘。仍怀希望。可是就在我们停车步行时，雨停了，天色渐渐开朗。

如果是老天有眼、众神在上、万物有灵，我何不就此为武汉、为楚地、为人世而吁求，而祈祷？我一遍遍地默念：所有埋骨或遗灰此处的先灵们！请为武汉助力，为一切在世的人加持吧……

22日，晚上，突然觉得心里不踏实。盒马两单送到时，已经8点多了，还是敦促天无立即启程去了汉口。车子快到汉口青年路教育出版社小区的最后红绿灯路口，一辆救护车超在我们前边。救护车一声不响，车顶和前后的车灯乱闪一气，着实感到一丝怪异和恐惧。

昨晚回来，继续整书到转钟1点半，然后下单给自己置办年货。为了稳妥，还是两个人分别下单。但很多东西都买不到了。

一阵一阵的消息从微信群和朋友圈里涌到眼前。耽误时间，败坏视力，撕裂交情。一遍遍决定不看了，又一次次忍不住去看。

在满屋的油漆味中，我一遍遍告诫自己，关键时刻到了，一定要相信世上有的是睿智的善良的个人，也一定要相信自己的良知。

清点战备物资，很有一点担忧。从旧屋把一堆已过了保质期的，准备丢弃的干蘑菇、木耳、面粉、薏米、枸杞、粉条，从装废弃物的大纸箱捡出来，装满两个背包，背过来放进了新橱柜……我想起了老娘讲的吃观音土，想起从某个电影还是小说里看到的苏联人在德军围城时期把粮仓下面的土层分等级买卖的场景……

无论如何，我不会加入抢购的队伍为恐慌氛围火上浇油，也没有必要去冒不必要的危险。也暗自祈祷千万不要落到吃过期食物度日的地步。

做年夜饭的食材，我只有四个小土豆和三个大胡萝卜，一个西兰花和半个松花菜。水果很多，各种扶贫的水果，还有各种干果，也是扶贫的。这再次说明，不要以为我们是在帮助别人，只是帮助了自己，甚至，一直是别人在帮我们！再不要抱怨酸倒牙的椪柑了，搞不好要靠它来维持一段活路。

中午过去对面的出租屋，搬运必需品。一到路口就看到车身上刷着红色的“荣军医院”字样的救护车，也是无声地驶过，也没有闪灯。我们相顾无言。大家情绪都不好，所以我不想多嘴多舌徒增他的不耐烦，默默地走了很久快到家了，还是忍不住问了：救护车还有专属某个医院的吗？他说，那是当然吵，不过现在可能是集中调度了。想到微信里都在转的、又已经被辟谣了的“转运病人”的谣言，我不由自主捂了捂戴着普通口罩的大嘴巴，同时意识到再不能捂嘴巴了。

几个口罩是玉树带来的帮忙整理书籍用的普通一次性口罩。也只有七八个了。所以我们专门等到23点才出门，又去对面出租屋拿东西，其实是为了透口气。一进电梯，我就感觉不对——还是应该戴口罩的！回来时又忘了带伞，但不想再进电梯了，于是我们冒雨往回跑，跑在昏黄的街灯下，就像两个惯于夜间作案的罪犯，感觉极不体面。一口气跑到人行横道边上，高架桥帮我们遮风挡雨，可以站在那里好好喘息一下。就在这时，从检察院那边开来了一辆洒水车，没有音乐只有强劲凶悍的喷水声！它不从山中来，也没带兰花草。它阴沉地行进着，肚腹下面射出的水柱，一视同仁势不可当，好像要把我们连同灰尘细菌病毒一起消灭干净。于是我拔腿开跑，跑过马路，拼命往小区门口跑去。天无倒是不紧不慢的样子。这是在消毒吗？我问，他说这应该是一种常规动作吧，二级响应嘛。

2020 年 1 月 30 日

封城第8天

另一个我

有时实在是想不通（也没有什么不通的，其实就是恶心我自己）。看到许多的人不仅好像什么事情也没有发生一样，而且还好像每天都有新的幸福要迎接一样，做着兴高采烈的样子，宽宏大量的样子，顾全大局的样子，知书达理知恩图报的样子，而虽然气闷得要死，却也时常客客气气地虚与委蛇。完了就在心里瞧不起自己。在你完全没有必要出现，你出不出现完全没有关系的地方，为什么要去应酬，完了自己又觉得恶心？不就是因为闲得无聊吗？还因为具体的灾难还没有来到自己头上，虽然可怕的事情不断出现在近旁。

是对自己的鄙视中和了愤怒，还是太多令人“出离愤怒”的事情的不断袭来而损毁感觉神经？

深深的夜，纯粹的静。茶杯里热气蒸腾，窝在沙发里，亮堂堂黄晴晴的暖光充满房间。没有一点阴影。我用靠垫和用手掌脑袋制造出来的阴影似乎也带着股暖烘烘的麦香。如果不是从房间里传来鼾声和呓语，我大概要灵魂出窍了。

此刻，我差不多看得见另外的一个我，一个来日无多的老太太，正在乡下某座草房边上，背靠山墙晒着太阳。

“超越”现实原来这么容易。不需要什么理由，就这么浑浑噩噩地，丧失了与祖国和人民同呼吸共命运的感觉，丧失了疫气迫人的感觉，丧失了绝望和愤怒的感觉……

今天傍晚时分的“午觉”没有睡着，很憋闷。我打开玻璃大门，站在阳台上，隔着阳台的玻璃看外面的世界。太阳落下去了，黑夜还没有降临，世界是彻底的静止。灰蒙蒙的寂静。南面，是部队的社区，几排四五层楼的房子，红灰相间的墙壁。西边，是检察院和幸福社区（还有其他什么社区吧），十几二十层的楼房一幢幢地与西南面远处的高楼大厦暗沉沉地毗连着；正南面高高耸起的是一片三十几层到四五十层的楼群。眼前近处的几幢崭新的楼房是我确知的，一幢33

层，一幢47层，一幢43层，还有一幢28层。然后是我置身的这一幢只有24层高。所有这些楼房完全没有一丝一毫的动静，这让我觉得所有的建筑物内都没有人。其实除了我们俩，这里还有四户居民，七八位人口。院子里的树也一动不动，有一两棵树的枝子上除了物业部挂的灯笼，还挂着几条塑料或破布条一样的东西。这应该不是高空抛物的结果，人都没有，谁来抛物呢？

恍惚间生出一种置身于《未来水世界》那水下世界的感觉。记忆中的电影场景，也是无人的楼群，楼群间是变成了海底植物的树，树枝上也挂着些巾巾条条。只不过我不能像那个主人公一样在楼群间游动，我仿佛是被囚禁在透明的海水中。顿时我觉得呼吸困难起来，我既不像电影主人公那样长着“鱼鳃”，阳台上的空气又很冷。我赶紧进屋关门。透过又多加了一层的玻璃，呆望外面的暮色，暮色中的建筑物。

还是沉浸在“未来水世界”里，思量着鱼人进化出腮来用了多长时间，难道不需要几百几十万年吗？那是什么时候的事情呢？现在我们人类中有在悄悄地慢慢地长腮的种族吗？

置身在四围的玻璃门窗之中，周围的一切仿佛都在向我这个中心倾斜过来，产生出无形的、无穷的压力。再过一会儿，所有的一切又似乎都在从我周身往外面挣扯，每一种感官都在脱离我的躯体，仿佛我正在被车裂，但没有感觉到疼痛，只觉得快要窒息……

我可能要生病了。必须立即采取措施。我的措施就是，晚餐时喝下一大碗滚烫的面汤，又一鼓作气，在接下来的三个小时喝下去差不多三升热饮，全都是滚烫的：热绿茶，热红茶，热黑糖水，热咖啡……然后洗热水澡，穿得热烘烘的，投身到手机里面的热血沸腾的生活中。生病的感觉就这么消失了。

只是没有睡意。反正没有什么正经事情等着我去做，也就无所谓休息不休息了。就这么呆着吧，看看能呆多久。

外面的黑暗，斗室的灯光，把白天的寂静转变成真正的安宁，仿佛黎明正在不知不觉间降临。但如果我说我的心是安宁的那就是哄鬼的，我一刻也不能摆脱这样的思绪纷扰：即使不能分担这世界的苦难，为受苦的人们祈祷总是做得到的吧……可是，一个没有“信仰”的人，她的祈祷管用吗？

2020年1月31日

封城第9天

一切照旧

天气倒是好得无以复加。透过层层玻璃望出去，那灿烂的阳光真像浩荡的皇恩，虽然自己沾不到边，一派盛大的气象看着也够馋人的，我差点就垂涎三尺了。

一切照旧。

照旧每天两顿饭。吃一顿快餐面、吃一顿米饭和炒菜。剩下两个小土豆，一直舍不得吃，晚上发现它们好像要变绿了，变小了。赶紧削皮切丝，炒了三个鸡蛋。

照旧半夜三更下楼，在小区里转圈。

照旧夜不能寐。

照旧读不进书。刷手机学到了一个旧词新用：“不带节奏”。造个句（也是抄来的）足以证明我掌握了它的用法：我只是描述事实，我不煽情，不带节奏。

2020年2月6日

封城第15天

向子夜的苍穹祈祷

昼伏夜不出，彻底变成了洞穴中人，但还是要努力保持人形，护持身内的那颗人心。

不想读，也不想写。不如祈祷。可是我该向谁祈祷呢？一个没有皈依的人的祈祷有效果吗？临时抱佛脚有用吗？

只能寄希望于自己的真心及专心，祈祷我的祈祷能被那些在恐惧和病痛中的人所感应……

我向子夜的苍穹祈祷，以至诚祈祷。

向一切非俗世的神灵祈祷。但，由于惯性的作用，由于我是我母亲的孩子，由于佛的无限广博和一切平等，我首先是，也终将是，向菩萨祈祷……

2020年2月8日

封城第17天

四五十天以前和四五十年以前都很遥远

都像是前世的事情。

好消息和正能量把我推送到了人生第55个年头。那种感觉，只能借过去的经验来帮忙传达。小时候见过一次洪水泛滥后的河道，上游下来的浑水携带了很多很多的东西，堆在河湾。随着水流浮荡却并不漂走。有谣言说那里面有人尸。我没有见过。只见白花花的没皮的大树，也有小树芦苇桌椅板凳，和说不出名堂的垃圾。现在我感觉我就浮在那上面。层出不穷的好消息就像那些漂浮物，下面的浊水应该就是眼下的恐怖大戏，总担心自己在梦中一个翻身就陷了进去。但一直没有做过梦，虽然日夜颠倒，也还是饿了吃饭困了睡觉，并且好像没有做过梦。

无论如何，我还在世界上呼吸。一觉醒来手脚都齐全。每一根敲击键盘的手指都还活着，身体里的疼痛也还在原处，情绪也处于可防可控状态。大把的时间照样在眼前，看似不动实际上溜走了。时间溜走了并没有捎上我，也可以说时间把我带到了下一站，却没让我携带任何东西，没让我看沿路风光。时间不容分说，抹消了我可能撞上的霉运或大运。

澳洲的大火彻底扑灭了吗？封城之后，我头一次想起这个问题。在这凌晨3点的时候（我的“华诞”都滑过去好久了），我再次看到一个事实，这场疫情测度了我个人的胸怀和气度，它一下子就把我从一个自以为是的人文主义者还原成一个胆小鬼，把我关注全人类的眼光拉回到近在眼前的危险和死亡，把我由一个自以为胸怀大爱的人变成了一个以己之心度他人之腹的人，一个重回偏执和孤僻状态的人。

我在想，在地球的南半部分，应该没有好消息和正能量如涨潮般淹没那些来不及逃离的生命。如果涨潮能够熄灭大火，那么退潮时，来不及卷走而遗留在海滩的会是什么呢。遭到大火肆虐的森林会再次遭到新的劫掠吗？无论遥远的地方发生了什么，我这里总有好消息在虚空中流传，他们与这凄厉的夜不属于一个界面，又似乎融合得很好。

2020年2月21日

封城第30天

看得见暮色中的气流

因为树枝在摇曳，因为叶子们在交头接耳，我就去看它们，看见它们在看着我。它们真的是在看我，它们是在嗤笑我这个病毒的囚徒，嗤笑我的百无聊赖。一眨眼，我又发现，其实它们根本没有看我，它们全都是背向我的，它们跟我一样也在望天，它们是在张开臂膀，向着无穷大的虚空张开臂膀。

我安静的时候，它们安静下来了。我是在一只鸟划出一条看不见的线，消失在楼房那头的时候安静下来的。这时，我看见树干树枝树叶都是安静的，它们安静地等待黑夜，像祭司或先知在安静地等待灵感。

我闭关于斗室，享受着彻底的自由，心游万仞。只有看到辽阔的天空，才知道自己是囚徒。

不必羡慕那些鸟儿，它们也不过囚禁在自己的飞翔中。而且它们还不明白这一点。

有人指责中国作家在疫情面前集体缺位。实际上这指责是不成立的，这种指责至少包含一个前提，中国作家在别的什么面前是不缺位的。事实上，作家从来没有一个恰当的位置，不必说在这种时候（在任何时候都是），要求他承担责任（在其位谋其政）根本不可能的。只不过产生了一种幻觉，以为自己很重要。

事实上，指责别人沉默的人，自己不会好好地说话，不会负责任地说话。也许作家们不该沉默，但，现在所谓的沉默并不是作家们的沉默，是社会的沉默。此外，对很多如鲠在喉的人来说，沉默也不失为一种表达。这么多的愤怒和控诉，这么多逼到你眼前的声音，这么悍然的权力……沉默是保持尊严的唯一方式。

自己心里再怎么愤怒，也不能指别人都做你的出气筒。

另一方面，高声大气说话的人，也许你希望高光之下，只有你这唯一的主角，但你也不能让所有的人都当观众，你也不能让所有的观众都为你喝彩。

2020年2月28日

封城第36天

行菩萨道的普通人

看《人物》中的陶勇医生。我以为他是一位行菩萨道的人。也许，基督徒会看见他是一位充满基督精神的圣徒？前些时，在那位同为眼科大夫的李医生牺牲时，也有一些关于陶医生的帖子在转来转去。那时候我没有细看，那时候人们太过悲愤而无法抑制情绪化的表达，我是本能地排斥的。今天，看到陶先生自己的话，那么睿智、沉静，而使人反观自我。

老实做人，敬业，安忍，对遇到的一切不幸假以援手。这是所谓的菩萨行。而并非不计前嫌，只是要修复伤口，更努力地生活。这是普通人。这两者陶医生都是。

还看到一个帖子，把许多作家近期的言论集中在一起，用以招引骂声一片。这样的恶燥的声浪跟之前并没有两样。浏览一过，还是本能地排斥。

因为其他作家没像方方发声而加以藐视和指责，和那些因为方方的言论不合自己的口味而攻击和谩骂她，这不过是同一种思维模式的两种不同表现。

许多人平时并不尊敬也不了解作家，从来没有高看过码字工人们一眼，现在却来抱怨他们没有做出令人称快的事情。这些人如果有值得同情和理解的地方，那就是，作家们的角色意识或身份认同的确有问题。这问题所包含的正是文学写作者的根本困境。当年，青年周树人弃医从文，虽然是在极大的悲愤和绝望的驱使下做出的选择，但我很难设想在今天他还有这样的勇气、这样的信念。今天有这种幸运的恰恰是那些甘冒巨大的风险坚持做医生的人们，如陶勇等。虽然他们会有坚持搞文学的鲁迅那样的孤独颓唐的时刻（被误解，被砍杀），他们也同时“享有”疗救国民性的鲁迅那种清晰的自我意识和价值感，那种决绝而坦荡的道义自由。

所以，跟当下差不多成了精神图腾或行业标杆的几位文学写作者相比，还是这两位眼科大夫，他们并非刻意追求什么，不过是老老实实地谋生、做人，才真的是擦亮人们眼睛的人，履行着当年鲁迅义务的启蒙工作者。他们一个已经牺牲一个还要继续奋斗，同时又是真正的普通人。因此，他们的人生才是普通人世生活的理想的最高代表。

二月

黄沙子日记

三月

2020年2月06日

平均睡眠

这些天睡觉，有四天是戴着手表的。手表可以对睡眠状况进行简单记录。1月29号，睡眠时长7小时57分，深睡2小时21分，清醒1小时12分，其余时间浅睡，平均心率56，从曲线图看，深睡主要在刚入睡那一阵子。1月30号睡眠时长7小时4分，深睡2小时25分，清醒1小时19分，平均心率还是56，这一次曲线相对均衡。其后好几天手表没戴。2月5号，睡眠时长8小时17分，深睡1小时40分，清醒1小时4分，平均心率54，深睡曲线集中在凌晨四点以前，有三个时段。今天，2月6号，睡眠时长8小时1分，深睡1小时56分，清醒1小时6分，平均心率55，深睡区域最长的一段在6点6分到6点46分。以上四天，每天睡眠平均接近8小时，深睡2小时左右，清醒1小时，心率55。清醒时间基本在侧躺着看书，向左侧还是向右侧不明。深睡是不会做梦的。也许做过但不记得。醒来后记得的梦多半是刚刚做的，也就是说，通常说的昨晚做了个梦，其实是今天早上做了个梦。记得特别深的梦有两种。被梦境惊醒的，有时候会在半夜，一般是噩梦。还有一种我们称之为鬼压床，在巨大的恐惧中怎么也逃脱不了，拼命呼喊时只能发出粗重的喘息声，躯体扭曲甚至痉挛，大汗淋漓。若是此刻旁边没有人推你一把，很难说你是否还醒得过来。这些天整个湖北就是这个样子。

2020年2月10日

该上班了

该上班了。然而并没有，差不多每天，是这样几件事，做饭，做卫生，看书，看微信。偶尔远程办公。绕着沙发跑几公里。在看《罪与罚》，陀氏的。吃饭时看《欢乐喜剧人》，笑得很开心。太阳出来白菜才出来。腌菜开始乱套，学会在客厅小便。谁也不知道，自己是不是最悲惨的那一个。永远也没办法判断，这一刻是不是最悲惨的一刻。没有想法。在进食与处理排泄物之间忙碌是最大的价值。无数的惶恐的室内，恰好构成死寂一般的城市，还那么巨大，显得有些滑稽。找出二十年前在俄罗斯买的望远镜，为倍数的计算方法和张鹏远进行小小的讨论。我看见，也许应该说望见，马路对面一辆小车进门，司机摇下窗户，有人上前用枪指了司机一下。望见沙湖的水面。对岸的电影乐园。黄鹤楼和鹦鹉洲大桥红色的铁索。天气和空气这么好，计划中的好几场相聚被拒绝，让人庆幸。我的安分和沉默，从来没有想过会被那么多人感激。

2020年2月12日

悲伤的生活方式

连续三天，使用望远镜进行观察的顺序基本一致。对面小区，沙湖，鹦鹉洲大桥。在窗台上放一个白色格子靠垫，再码一个细布的砖红色靠枕，这是用来支撑双肘的。半个身子匍匐上去，隔着窗玻璃往外望。窗帘是自己做的，白色的纱。夫人做的。窗帘杆是我安装的。窗台右边的墙皮脱落了大约300平方厘米的一块，用修补膏重新刷过，但效果并不是很好。曾经建议依照墙皮脱落的形状，画一幅油画来填充它，没有被采纳。阳光好的时候，猫会蹲在这里。这里是五十楼，没有什么可以阻挡视线和阳光降临。

马路对面的工行自动取款机，很多天没看到有人进去。工行旁边的宠物店，只露出招牌的一部分。十字路口的本味酒店，旧的招牌那几个大字并未丢弃，只是让它们倒下来搁在酒店楼顶。也许老板想着有一天重新将它们竖起来。对面一共有四家银行，工行最大，是个营业部。我在里面开通过信用卡。再过去是商业银行，兴业，招商，都只是自助业务办理。有两家烟酒行，沙湖跑步回来，在里面买过几次饮水。

楼上是住宅，也有开着工作室的。教武术，瑜伽，教育培训，都有。窗口或者阳台上，挂出一块带着闪光灯的LED屏幕。大部分阳台用玻璃封闭起来，有几家敞开，堆着杂物。物业的通知里表明，这一栋有一例确诊感染者，我从望远镜里可以清晰地看到它的楼栋号牌。住在这里十年，现在才知道对面三十多层的家伙，它是几号楼。

2020年2月14日

值几个钱呢

做了个疫情心理自测，得分挺高，90，不消极不恐惧，就是还有愤怒，因为这个扣掉一些分。转头一想，都做起了心理自测，说明内心必定还是有恐惧潜藏着的，所以应该再多扣几分。扣就扣吧，值几个钱呢。前天集团的保险经纪公司发了个福利，给员工和配偶子女免费保险，重症如何，死亡如何。它不叫死亡，专业名词叫身故。给到家属头上，算是额外的良心。然而谁会愿意变现领取这个钱的权利呢。昨天的太阳挺大。现在已经是2月14号早晨五点，楼下传来鸡叫声。五十楼也可以听到，而且极大可能它们是从后面的老别墅里传来的。我应该不是被它们吵醒。虽然这个城市安静得近乎死寂。还听见白菜在墙的另外一边的储藏室，从高处跳落地面的声音。这个在我看来已经成仙的猫，今年也有七岁了。她整天睡觉，躲在我们看不到的地方，但天生具备对阳光的敏感性，太阳出来时必定躺在窗台上。

半夜12点15左右，看到朋友圈张庆发消息，说是老大走了。照片里的四个人，三个是我熟悉的。心中忐忑，叫老大的除了照片里的小个子陈进新，怀疑并且不厚道地希望，我不认识的那个人也这样被他们叫着老大。给张庆发了个询问消息，觉得不够迅速，即刻和他连线通话。还是陈老大。中午走的，张庆说，不是新冠肺炎，和血液有关的病症。福建口音听着软糯，亲切，平静。他询问了一下武汉的情况。现在是6点22分，刚才看到窗外有强光闪过，还以为哪里的镭射。忽而就传来隐隐的雷声，雨点落在墙壁上的声音也传进来。密集，急促，让天空变亮许多。我还没告诉家里人，那个外号老大的人去世的消息。最近一次见到他，还是在龙岩，八年前了吧。

2020年2月15日

杜门却扫

风雨很大，雷声在早晚各响了一阵。气温下降得很快。前天有人从襄阳回到武汉，昨天有人从黄石返回。和电影里那些勇敢的人的区别在于，他们是带着手续的。这个城市里，活着的人，相比死去的人，还是占据着绝对优势。这不是值得骄傲的事。2月15日6点28分，但我仍然陷在2月14日，证据是上面的叙述与事实不符。我说的是日期。前天应该是大前天，昨天应该是前天。当然纠缠时间没有什么意义，否则我应该已经上班两个礼拜了。《罪与罚》551页，已经看到350页。在第235页，拉斯科尔尼科夫对妹妹拉斯科尔尼科娃说，你会一直走到那条界限，如果你不能跨越它，你将不幸，而你跨越了它，也许将更加不幸。像个悲伤而俏皮的段子。

从1月30日23点21分开始，我给自己立下规矩，不再讨论和转发任何与疫情相关的文字。少数几个人是见证人，诚恳地讲，其后我执行得不算十分严格。昨天（天色已经亮得足够我对今天和昨天进行明确划分），夜晚十一点左右，夫人练完瑜伽后泡脚，我在客厅里走动，猫和狗业已回到储藏室自己的窝里。整层楼只有我这一家有人。楼上也只有一家人。楼下也只有一家人。这是我短暂的志愿者身份获得的信息。我们大略盘点了一下储备情况，米和油充足，腌鱼和腊肉、鸡蛋还有一些，羊肉也是。没有蔬菜，泡菜和水果还有。豆瓣酱充足。狗粮和猫粮可以支撑二十天，如果节省一点的话。白酒四瓶半，其中有两瓶伏特加，去年在布拉格机场免税店，买来准备儿子过年回武汉喝的。他喜欢这个。香烟，有，但有些日子没抽了。作为一个会计师，以上盘点显得不够严谨。可能是因为风太大的缘故。

风声很大，我们所处的高处通常会夸大形势的严峻程度，比如风声。经过多次实地验证，高处的呼啸声在地面，只够让树叶发出鼓掌一般的啪啪声。当然如果需要，也可以缩小事物的影响，比如我说过的，沙湖的波涛在高居五十楼的人看来，只是几圈涟漪。立场的转换天衣无缝。我居住的沙湖，弟弟居住的花湖，父亲和大妹所在的洪湖，都在执行严格的隔离政策，而且看来将更加严格。我们是被迫的，无法做到杜门却扫那么隐逸高洁。

2020年2月16日

灰的颜色

如果不是打字，我铁定写不出谶语的谶这个字。这和我的祖母类似。她一个字也不会写，但可以叫出很多人的名字。有时候我觉得她认识世界上所有的人，尤其令我敬畏的是，她认识很多已经死去的人。很多。

今天要下楼拿两提鸡蛋，一盒苹果，约好上午十点钟在喷泉，但要等最后的通知。曾台村的确诊人数增加了一例。大洪是年前就被列入确诊，但昨天他成了疑似。反而，他的老婆和儿子被确诊。所以好多天来，曾台村确诊的官方数量都是一例，昨天，变成而不是增加到，两例。

阳光强烈。让人产生平安无事的错觉。大妹告诉我们，水晶村的各组之间，都开始用高高的木板进行隔离。不允许走动串门。幸好有太阳，我们都坐在门口晒太阳，她说。前些天她们还能够撑船去自家鱼塘里捞鱼，挖藕，塘埂上到处都是腊菜薹和地米菜，高大而妖娆的芦苇一片一片的。她假装抱怨地向我们炫耀，螃蟹吃不完，鲫鱼吃不完，泥蒿三块钱一把。

白菜又出现在窗台。她旁若无人地挡住我视线里一部分的沙湖水面，似乎她比窗外的世界更值得关注。她是对的。空气干净透明到令人发指，早上我带腌菜从楼梯上到楼顶，雪还没化，靠近瓷砖的雪甚至结成了冰。我不得不弯着膝盖行走，腌菜这个四条腿的家伙也差点滑倒，因而不敢撒腿跑动。东西南北的武汉，我各自瞭望了一阵。长江，东湖，南湖，沙湖，早安，你们。

2020年2月17日

有何欢乐可言

二月至今，跑步里程81公里。很好的数字。菩萨们喜欢这个数字，本来还想说道士们也喜欢这个数字，但我想不起来。唯一并且瞬间反应过来的当然是《西游记》的典故，为了凑足它，在取经事业接近成功时还横生一个枝节。八十一到了，苦难终于圆满，否则即使怀揣果实也会让人不安。多么好的比喻。想起祖母总是念叨，这是某某该当受这一劫。她活了八十六岁，无病无灾安静地离去，我知道这是她一辈子最后一次赐予我们的礼物，让我们觉得死亡不曾携带痛苦来侵扰她，让我们找不到额外悲伤的理由。

但是，凭什么呢。

前些天，某一天。具体哪一天我懒得回忆确认。下楼去取网购的米面，出于特殊时期的特殊待遇，我被允许购买的三瓶白酒也同时到达。在这举城惶恐的时期，得以名正言顺地获得这样一个权利，因此五十楼步行下去时，步伐轻快，甚至几乎是轻佻的。从小区西门边的浦发银行门口取回包裹，阳光温暖而四下宁静。先后碰到一个年轻的步行者，和一个骑电动车的老年人。相隔老远，只需一个眼神，我们就确定了彼此应该保持的距离。

干涸的景观水池边，有一棵红枫，我记得很清楚。刚刚过去的那个夏天，因为雨水极度缺乏，它的叶片还没伸展开，就被晒得卷曲起来。所以我记得很清楚。2019年是罕见的大旱之年，说到这里，不免令人怀疑现在的这场灾难，是不是从那个时候就已经开始。正想看看红枫现在的样子，突然听见有人喊莫靠近，莫靠近。转头见到四个被银灰色衣服包裹严实的人，从楼里出来。他们抬着同样银灰色的一个袋子。步履匆匆，两个女人跟在后面，戴着口罩在哭。前面一个女人年纪有点大，后面一个没有看清。死死地盯住被那四个人抬着的银灰色袋子。袋子是弯曲的，中部略微垂向地面，从它形成的弧度和形状，大致可以判断出里面是一个人。当然，根本就无需判断，傻子才想不到这一点。我大约呆滞了两分钟。

从我看见开始，他们从一楼大堂出来，绕过喷泉，到楼背后的地面停车道，距离不到100米。两个女人在停车道边停住脚步，那里站着保安。抬袋子的四个人转到我看不见的地方，我想应该是在上车。他们的整个行程不会超过一分钟，但显然，上车用了一点时间，因为两个女人站着没动大约有一分钟。也就是说，她们站在那里哭了一分钟，却丝毫没有要跟着上车的意思。

我没有等到她们回头，就结束了呆滞状态。心跳有些加速的迹象。一边紧着往楼栋里走，一边思考，刚才那些人不可能走楼梯下来，应该是乘坐电梯，但他们乘坐的是高层电梯还是低层电梯呢。我是否应该在外面多待一会，以免他们走过的空气中还存留某些分子。当然所有这些考虑的前提是，我遭遇到的正是导致我，以及九百万人困守武汉的糟糕的事情中的一件。然而我已经到了一楼大厅，令人不快的是，还需要掏出手机，使用APP来打开自动感应门。好在本来就计划步行上楼，不需要使用电梯。五十层楼，垂直高度大约150米，每一层楼梯19级，算上转弯的平台是20级。总共1000级再多一点，因为一楼到二楼要更多几级。以前走过多次。雾霾严重不适宜户外跑步时，爬楼算是室内锻炼的一种方式。一趟平均需要15分钟左右，除第一次外，后面基本不用半途歇息。当然是衣物轻便，不像现在包裹严实，背负重物，米20斤，面2斤，白酒3瓶。现在，明显感觉自己心跳依然无法恢复平稳，差不多歇息了八次，才看见50层的标志。

相比那么多人正在经历的苦难，这一次我的经历，连猴子身上的毫毛之一截也算不上。何况，之后从物业那里得知，我见到的死亡并非因为新冠肺炎感染，而是源于老人前一天摔了一跤，第二天正常去世。勉强称得上正常吧。简而言之，是摔死。物业的工作人员特意交代，这是一个94岁的老人。摔死。她真的试图让我相信。我也真的试图让自己相信，这是一场司空见惯的，普遍意义上的，小小的意外导致的死亡。

然而，凭什么呢。春节理应的欢乐时光里，一个称得上高寿的94岁老人，诡异地被运送，而不是体面地躺在棺木中，被亲人护送着直至彻底离开。是的，可以肯定地说，那两个嚎哭的女人就是他在人间最后的晤面者，但也只到被四个陌生人装载上车为止。二十多天来，几乎所有的死亡都省略了必要的步骤，像雪籽落入才刚开始变冷的水面，瞬间就被更多的坠落湮灭得无影无踪。数十年经历的出生，婚嫁，豪饮与大言不惭，在死亡的一刻化为乌有，体面与尊严留给活着的剩下的人，有何欢乐可言。

2020年2月19日

眼看形势不对

腌菜睡觉很快。我说的是他进入到睡眠状态，很快。刚才还在使劲用两只前爪刨他睡觉用的塑料板，我也不知道他为什么要刨那块塑料板。不是已经很光滑，每天都在上面睡觉的吗。大约刨了两分钟，一刻不停。这也是每天晚上我躺在卧室时能够听到的声音。我只是扭头看了他一眼。刨塑料板的声音突然就停止了。我又扭头看了他一眼。腌菜已经蜷缩在塑料板上，头枕着一个被他撕破的布偶不再动弹。鼾声马上响起来了。也许不是鼾声，我看到他肚皮有规律地抽动，喉咙中传出极为低沉的吼声。是在做梦。腌菜不是一个老实孩子，每次碰到别的狗，都会发出这种低吼声。不过现在更低一些，大约低10个分贝左右。也许在做梦与其他狗相遇。腌菜做梦并不是稀罕事，以前经常见到。我奇怪的是他能够这么迅速地睡觉，几乎是一转眼，就从人世间到达睡梦间。

前些天和同事说起死后之事，他说这一生总要买一个带院子的别墅，院子里种一棵树，到时间了在树下挖一个洞，自己慢慢爬进去，让家人盖上土，就这么死去。多好，不浪费哪怕一卡的能源去燃烧，也不占用哪怕一寸的土地。死后的身体化作有机肥料，可以让树长得更高。而且，他说，这个院子就再也不会有其他人愿意去住，可以好好地享受一个人独处。我说你这还是很自私啊，看似清洁溜溜地走了，却霸占了更多的资源。而且从价值上来说，本来好好的一处遗产可以留给孩子，结果让它贬值到一钱不值。尤其不合适的是，你觉得你的孩子愿意你这样处置自己吗，他需要有多强大的内心才能接受你埋下自己的事实。因而只是一笑。我设想的是还是烧了吧，当做尘土撒在田埂上和江河中，虽然一部分会形成污染，但大部分还是具备肥力。且不用管它的功效，这样消失在空气和土壤中，不具备可辨认性，无显性标志，孩子们倘若记得，就四处望一望当做怀念。孩子若不记得——能有多少人会记得你，记得你的又会有多久的保质期——就当做什么也没有发生，什么也没有，甚好。

2020年以来的这些天，上述设想，有部分人替我预演一般地实现。他们做得更加彻底，因为将所有仪式全部减省了，带有意识的生命极其迅速地变成物质和工作链，连留给亲人怀念的机会，都暂时让位于当下的恐惧。

2020年2月20日

死亡还在延续

今天的夕阳有些惨淡，没有昨天好看。天上的云彩也是乱七八糟的不够整齐。也没什么，这些天整个世界都混乱不堪。混乱的还有前些日子张鹏远的生日，说是43岁，后来发现应该是44岁，自己都记错了年龄。第二天是马力生日，两人前后天。再后一天却是情人节，我们取笑他们莫非是紧跟着出生来搞基。真没什么，在这群情激昂的日子里，无数人失却判断能力，他们杜撰一个又一个子虚乌有的故事，努力说服自己相信，并且让听到的人也信以为真，以此作为重建信仰的基础。马力说，真正的死亡，其实是不痛苦的，最痛苦的是死前的清醒。我从他这句话推断出一个结论，即所有痛苦，终究是临时的。所以，信仰基本可以归结为自欺，我们赋予生命意义，其实是用来遮掩对于死亡的恐惧。左手做的事不想让右手知道。“有一个患病的人，名叫拉撒路，住在伯大尼……”

夜晚很快降临，一切看起来像是光的东西都消失了。坐在窗前没动，想到那么多想见到的人都在很远的地方，不免有些伤感。同事发来视频，黄石天津路一个不肯戴口罩的女人被执勤人员制服后带走。团购群里发现蔬菜分量不足的邻居在斥责供货商，要求获得补偿。B区新增一例确诊。外省某地有人隐瞒疫期的武汉经历，导致整个城市解封延迟。死亡还在继续。即使没有这场疫情，死亡照样也会继续，我们唯一能做的事，就是不停地失去。

2020年2月23日

维罗妮卡决定去死

傍晚楼下有狗叫声传来，持续大约12页时间，我说的是狗叫声从我听到开始，到我看完12页书才停止。那时我已开始阅读保罗·柯艾略的《维罗妮卡决定去死》。我怀疑狗的主人并不在武汉。封城后有同事被困在外地，他只给猫留下十天的饮水，我也无能为力因为已经开始限制人们在城市里随意走动。好在他找到专门的救助机构，并支付了报酬。腌菜也听到了，大约是觉得他的领地受到侵犯，发出捍卫的叫嚷声。当然这是我的猜测，也许腌菜是在回应楼下那只狗的求助。但是又能怎样。留下狗在家里的主人爽约了，终将因此过失而受到惩罚。这是罪恶之一种。那么多人还在为饱腹之欲奔走，全然不曾顾及病毒作为死神的使者那无处不在的暗笑。死亡之既然不可避免，那我们活着，到底是在活着的路上，还是在死去的路上？也许它们本来就是同一件事。2月21日，来自埃塞俄比亚的Ababel Yeshaneh Brihane打破女子半马世界纪录，成绩是1:04:31。女子全马世界纪录保持者科斯盖屈居亚军，成绩是1:04:49，也打破了世界纪录。她们定然不曾想到，秦园路上还有一个每天绕着客厅跑步的男人，也许不止一个。二月至今，我已跑步117.85公里，本年累计跑步245.54公里，离我定下的全年目标2400公里还有太大差距。但这并不是问题，相比那些正在与死亡搏斗，和已然在较量中败下阵来的先行者，我还有时间作为幸存者，承接苟活的恩惠，虽然终究要被死亡收归囊中。

2020年2月24日

横穿马路

翻阅自己去年的诗歌，绝大部分作品的主题依然是死亡。很多语句充满暗示，如果说它们是这些日子刚刚写下的，没有谁会不相信。热气腾腾。不过这并不能说明什么，死亡始终逡巡在我们中间，关于死亡的写作任何时候都适用。根据统计，这个世界死亡的速度是每秒钟1.8人。每分钟106人，每小时6360人，每天152640人，一年55713600人。“一个人从降生那一刻算起/如果他活过88年零3天又4个小时47分/——具体在哪一刻停止呼吸不能再精确了/在他停止呼吸前/差不多49亿人/在他还活着时死去，还不算那些/战争、瘟疫、洪水的额外馈赠/也不包括其余的生命/他已经活着看过所有重要的事物/死的时候显得异常平静”。这是去年三月份的诗，包括前面的那些数据，我用手机计算的，诗的题目叫“速度”。上午十点，看见两个人从对面B区出来，虽然他们保持相隔一米的距离，但可以看出明显是一伙的。他们走出人行道，向着A区直接横穿马路，没有丝毫犹豫。不需要任何犹豫。

以往车水马龙的秦园路，现在如同一具笔直的尸体，除了他们几乎看不到任何活动的物体。我就这样一直目送他们消失在建筑物背后，不知道有什么值得两个人在光天化日下出行。封城开始不久的某天，张羞说你可以试着跑遍全武汉的马路，因为车辆禁行这是安全的。我知道他是开着玩笑，而我喜欢跑步。从望远镜中可以看到沙湖公园，这么多天过去了道路上竟然没有什么落叶，宽阔又平静。那成片的水杉林里，有一大块地方是种着绣球花的，没到开花的季节但叶子还是绿的。我曾在诗歌中描述过的乌桕，早在秋天结束时就已脱光红叶，现在它孤单地站在沙湖边，不知道是否仍在积蓄力量，准备着这个春天的嫩芽。三月就要到来，有人在群里慨叹看来是即将完美地错过三八节活动了，而我则在担心，但愿愚人节我能当面愚弄所有认识的人。朝着楼下张望的当然不会只有我一个人，我的侄女李欣格十三岁，她在我们谈论见到的那些擅自出门的人时插话进来，带着指责的口吻，她说她昨天也看到两个人在楼下，其中还有一个小朋友在玩粉色的玩具飞机。她看到的，远远超出大人们的视线，她看到那玩具飞机，是粉色的。

2020年2月26日

死神和少年

墨迹天气显示，空气质量指数上升至123，轻度污染。是这些天来少有的不适合户外活动的一天，何况下午又开始落雨。有人通知说可能还将下雪，我知道她的意思，是要尽量储备粮食。下雪带来的诸多不便远比它所制造的美景麻烦，而在我看来，天色阴沉似乎更符合大势。在阳光明媚中接受死亡的递增显然太过文不对题。然而又能怎样。维罗妮卡终于与爱德华逃出疯人院，在她被告知的死亡之日。多活一天即为奇迹。令人惊奇的是我在书架上寻找下一本用来阅读的书时，竟然随手挑中《前世今生》，心理医生布莱恩魏斯写的。书的扉页上写着，人生是无尽的，我们不曾真的死去，也从未真的出生。

小时候看过有人用鸟算命，笼子里的小鸟从一排命纸中叼出一张，那张纸上就写着你的命运。是否准确我并未在意，因为那只是四句诗，还需要算命先生作进一步的讲解分析。我只是对笼子里的小鸟充满兴趣。黑色的喙，略带黄色的羽毛，显然不是麻雀。在笼子里欢快地蹦来蹦去，很多年后知道那是鹦鹉的一种。但我不知道的是，那些接受了鸟的决定的人，是否真的接受了指定的命运。比如今天的新闻中那个十堰的老人，是否也曾有鸟告诉过他，将要在一个六岁孩子的陪伴下，不为人知地沉默着死去。那个六岁的孩子，是否有着小鸟一样的命运，在笼中自求生存而全然不知死亡正萦绕于身边。

下午风大，储藏室的门被风关住，腌菜在里面，白菜在外面。夫人听到白菜在脚边叫唤，跟着白菜过去，将门打开后白菜进到储藏室。夫人说你看，猫多聪明。又问我，你说白菜和腌菜到底谁更聪明？这些天我的狗，腌菜再没出过家门，即便是和我们待在一起，也变得有些失常。我说的是与往常不太一样，每次早晚打开大门通风，他都以为我是要带他出去。他开始整天待在自己的窝中不再欢蹦乱跳，只有白菜依然遵循一贯的行为规范，丝毫不为外部世界的变故所动。我是这样回答夫人的问题的，我说，在你们三个中间，你最聪明。一通笑骂后，她自我解嘲道，基于对处境的自察自觉，这个回答成立无误。

去年在维也纳看过分离派画展，最有名的画作是《吻》，克里姆特的。最怪异的是席勒的画作，自画阴森，画他者颇多色情且又阴郁。席勒与其画作中模特的命运，正好验证其艺术的悲剧预示。与席勒分手两年后，沃丽在达尔马提亚当护士时死于猩红热。一年后伊迪丝怀着席勒的孩子，死于西班牙流感。伊迪丝去世后几天，席勒也染上流感去世，二十八岁。沃丽是情人，伊迪丝是妻子。当时是1918年，那场著名的瘟疫导致近10亿人感染，死亡约4000万人。

2020年2月27日

我为什么不坐电梯

住在山里的人是不是比住在平原的人更容易罹患关节方面的毛病，我不知道。张鹏远（并非只有他一个人）劝我，尽量不要步行上下楼，尤其是下楼，对膝盖伤害更大，听起来很有道理。他甚至不惜举了自己的例子。其实不用他举例，事实如此，很明显在下楼时我就感觉到左膝盖有些不得劲。然而道理再大，也是经不起过多推敲的，即便是生死。有人说死了就是物质转化，按照马力的说法，是粒子去重新组合。如果粒子没有记忆的话，那么马力在这一点上和陆游一致，陆游说死去元知万事空。又有人说死了还会转世，带着前生的记忆。我正在看的书是一个美国人写的，他也相信，他是耶鲁的医学博士。晚上洗漱时我和夫人简单讨论了一下几个宗教的不同，她对于能够提供来世希望的佛教更亲近一些。谁不希望有来世呢，这些天死亡的人数还在不断增加，我们只能眼睁睁地看着。当然谁也不能断定这是真的，即他们上辈子欠下了债。

下午没有下雨，天还是阴沉，坐在摇椅上有些昏昏欲睡。突然想到，正是出于对死亡的恐惧，我们才产生欢乐、忧虑、爱和怨恨。腌菜和白菜有没有同样的想法我不知道，也许有但是模糊，而人类尤其如此。我问夫人，为什么只有人类的婴儿出生时会嚎哭。哪怕他像思想家一般沉默，我们也要拍打他的屁股，让他发出痛哭的叫声。有人将其形容为生命被唤醒时的宣告，那么牛呢。我亲眼见过小牛的出生，在我长达三年的放牛生涯中，见过不止一次。小牛刚出生时困倒在地，很快就会试着跪起来，半小时左右便可以自行站立，寻找母牛的乳头吮吸初乳。猪狗差不多也是。人类的孩子则必当先行哭泣然后才能被认定生存，必当在一年后才蹒跚学步。我说的是正常状态下的情形。直立行走被当做进化的标志，这或许可以解释我为什么不愿意乘坐电梯。当然这是一个小小的狡辩，我不愿意乘坐电梯只是因为担心，密闭的空间更容易留存和传播病毒。我怕死。只要有可以避开死亡传染的途径，便毫不犹豫地选择另外的道路，即使不得不承受损伤膝部关节的后果。如果这是一座山，五十楼的相对海拔也就150米，连大一点的丘陵都算不上，如果住在山上，这也不过是下山一趟而已。我想把事情搞简单一些，以免和别人碰到一起，我本来就不认识他们。

2020年2月29日

练习开门的技术

二月眼看就要结束，这些天太多人的死亡像一块巨石从天而降般突然到来，这和大多数人不同。大多数人是逐渐死亡。一种观点认为，每个人从出生起，死亡的荣誉就开始均匀地分布在生命中，所以肉体消逝本来应该是水到渠成的才合理。当然这没有什么本质的区别，另外一种观点认为，生命在诞生时是它荣誉的顶点，之后就开始走下坡路，到死亡那天消失殆尽。每次出门总是忘记带钥匙，这是有意还是无意我并不十分清楚，但今天我想清楚了。从门外用钥匙开门，会接触门把手，客观上存在户外感染病毒的风险。即使整层楼只有我们住在这里。喊人从里面开门，危险则要小许多，再说一个多月过去，困在里面的人也要练习一下开门的技术。已经有好多天我们都不敢打开门了。

2020年3月03日

一个人大战四方

望远镜一直搁在窗台，但好几天没有用过它，我知道现在，能够看到的都不是我想看到的，秦园路上开过的汽车还没有电动车多。对面小区到门口取物资的那些人走得匆匆忙忙的，他们只能匆匆忙忙地回到自己家中。父亲独自一人待在洪湖县城，他天花乱坠的一生里很少有这样安分的时期，前些天打电话，问他春节前买的两百个团子吃完没有。他笑得很开心，甚至有些得意，他说幸亏买得多，这段时间每天三四个，不用担心因为没有吃的而出门，还分了一些给两个亲戚。本来是给家里人过年回去准备的，以往我们只在正月十五才有团子吃。父亲好几次发来照片，拍的是客厅里的麻将机，他开玩笑说正在一个人大战四方，所有的钱全部都归他赢。我告诉他今年清明节是不能回去了，他很赞成，说如果那时候可以自由走动的话，他自己去曾台就可以了，买一把香，烧几张纸，反正现在农村也不允许放鞭炮，祭奠先人没有一点热闹意思。再过几天就是他的生日，他今年要满七十一。

不想睡觉。今天和昨天连在一起，一点也不像是两天。不管怎样夜晚还是比白天安静，即使白天已经够安静的。我曾经试着把梦记下来，发现很多梦可以在前一天的活动中找到蛛丝马迹。白天碰见的某个人，睡觉前提到的某件事，看过的书或者电影，它们经常会在梦中显露踪迹。我甚至想过，按照这个逻辑，是否可以引导某人做梦的内容，干预他的梦境。以前的同事杨师傅在这件事情上特别迷信，不管谁在早晨提到做梦，她都会马上进行坚决制止。她认为很不吉利，不管是讲述者还是聆听者，会带来一天的坏运气。她长得有点胖，住在黄石八栋，因为儿子身体不好而办了提前退休，专门在武汉大学陪读，那已经是好多年前的事。

2020年3月04日

谢谢了

把小姜给我的茶叶打开了，安化黑茶，半块砖头那么大。应该是可以保存很久的，跟普洱一样时间越长越好。边掰茶叶我就边想小姜，下午他果然打来电话。谈了几句工作的事，我们互相说了保重。吃港饼的时候我也想到吴亚梅，去年到黄石出差，她专门买的下陆益朵港饼，我带回来两盒。比牧羊湖的薄，要脆一些。春节她一家人去海南，被隔离好多天才放行回到黄石，不知道一路上是怎么过来的。进入正月以来，几乎对吃下的每一样食物来源都作过回忆，并且心存感激。比如交满一年物业费后物业公司送的麻花，同小区的两个同事也将赠品转送给了我。单位扶贫采购分来的恩施景阳鸡。岳母一年前专门给我们亲手做的剁椒酱，好大一坛怕有一二十斤。腊月的时候父亲问我要不要腌鱼和干豆角，我告诉他今年我们自己腌了几条，家里物资很多就算了，他还是坚持快递过来腊鸡腊鸭各一只。冰箱里小弟拿过来的菱角米，他夏天砍的，趁新鲜冰冻起来可以冬天再食用。我夫人学画画的同伴送给她的一罐欧洲硬糖。公司年会上我偷偷装进口袋的十几粒巧克力，本来是留着做跑步的补给的。去年离开维也纳时余钢也送了巧克力给我，一直留着没吃。还有刘国兴给我两小条袋装奶粉，也是长跑后的营养补充物。对我来说，巧克力可以代替能量胶在跑步时使用，效果同样明显而且味道更好。但是热天不能带在身上，会化成一摊黏糊糊的东西。我这样每天在客厅跑步，除了速度受影响外，有两个优点是路跑不具备的，即能量和水可以随时补充而无需专门携带，运动结束后可以尽快洗个热水澡。不用担心冷风吹袭，以往从沙湖跑完步回来，我还得在马路边步行大约半公里。

窗边

又一次，黑暗如约而至。沙湖在微弱的灯光映照下像一个坏人的阴险笑容。我抓起两粒蚕豆放入口中，这是被虫蛀过的一百多粒蚕豆里幸存的二十多粒完整的蚕豆，它们因此在焙熟后还是坚硬的。我用牙齿慢慢消磨着蚕豆，进入中年以后，牙齿不再坚固有力，去年我曾经花费一万三种植一颗咀嚼牙，只是为了尽可能延长对付食物的底气。四十天来奇特的睡眠习惯让我不知所措，有时候会盯着天花板上的消防探头直到凌晨三点。住进这个房子十年，居然还没有将保护探头的红色盖子取下，这很好地解释了当我关闭房门拼命抽烟而没有引发它报警。烟雾报警探头保持着与烟雾隔绝的状态，这是我的失误。黑暗的降临并不能带来任何不适，相反给人一种一切和往常没有什么不同的错觉。打火，做饭，洗漱，像一个被抛弃的战士在战场上毫无用武之地。遮掩着这个昏昏欲睡的城市的夜色，显得如此轻率无知，那些还在与死亡搏斗的人们仿佛在别处。无数证据表明偷袭得逞的魔鬼正在试图用地狱将天堂取而代之，而无知的人怀着卑劣的苟活喜悦认定胜利已经在望，胜利的取得轻而易举。正如反复淘洗并用滚水煮过的一百多粒蚕豆，我以为那些虫子都已被杀死。当我站在窗前，看到傍晚的玻璃上有两只小东西爬行，它们正是我以为已经杀死过的蚕豆里的蛀虫。它们正在努力寻找缝隙，以便投身更为广大的黑暗之中。

手机不会记录有用的东西，但提供数据。手机自带一个情景智能，每天早上开始提醒。路况，4.6公里，12分钟开车到公司。它定位现在的地方和上班的地方，判断道路顺畅程度，计算出需要花费的时间。它是按照正常上班来设定提示的，真是太天真了。一到晚上（具体什么时间出现）它又提醒手机使用情况。应用使用5小时39分钟，其中微信读书2小时13分钟，微信1小时28分钟，Zine1小时4分钟，其他52分钟。加起来只有5小时37分钟，还有2分钟做了什么，它没有说明，我也不知道。这两天工作还算饱满，负罪感一下子小了很多。

2020年3月08日

消毒时代

昨天，楼下消毒车喷雾的声音响了一天。低沉的嗡嗡声我不知道有没有人觉得像一群苍蝇，不停地吐出诅咒和辱骂，用粗鄙的言语污染着整个城市。我不知道这个时候，是否有人觉得听到骂声也是一种安慰。远处油料所的试验田一共有七块，从望远镜里可以看到，其中四块田里的油菜花已经开了很多天。我带腌菜去过那里，当腌菜在土埂上玩耍时，我曾经试着躲藏起来。在发现我不见了之后，腌菜变得有些惊慌，稍微判断（看样子是在思考）马上就开始沿路返回，一边跑一边回头。我知道他是看我有没有跟在后面出现。到达小区对面，腌菜停下脚步。他不敢单独闯过马路，犹豫片刻再次回头去到油菜花地。他一直都是跑着的，我跟随并且躲在他看不到的地方，深为腌菜的行为感叹，随即又痛恨起自己来。我在试探他而他引以为真，我在欺骗一条狗并试图以此获得被依赖的满足感。腌菜对我的突然出现表现出极大欣喜，不停地用两只前爪扑打我的双腿。他如此简单地认为我们刚才的失联是个意外，对我的恶趣味毫不知情。总有些黑幕是想象无法企及的，即使我们身处其中。如同头顶的太阳投射阳光，而它自身也有着巨大的黑斑。消毒车的响声停歇下来时已是黄昏。路灯亮起来了。马路还是空空荡荡，完全可以想象得到，那些以往在明亮灯光周围汇集的飞虫，一定也被灭杀干净。即便它们隐藏于草丛和树洞中。从前我有多么讨厌它们，现在就有多么怀念它们。身处这个全面消毒的时代，我和大多数人类一样躲在窗户后面。虽然为了不至湮灭说话的能力，我不停地练习着咒骂。只有腌菜依然毫不知情。

2020年3月09日

对面楼顶的男人

坐着窗前看书。除了书页上的汉字排着队占据一部分视线外，我还有一部分视线用于关注窗外的动静。比如沙湖，对面小区，灰蒙蒙的天空之类的。下午5点多钟。11号楼的楼顶出现一个男人，具体是什么时候出现的不能确定，我看到的时候他就已经在楼顶。这说明当时我的注意力全部集中在书页，而没有像我说的那样分出一部分。这是一个意外。那个男人穿着白底红色鞋子，蹲着看了一会儿手机。他在抽烟。抽完烟后站起来走到楼顶的小房子里，然后就消失了。楼顶的小房子是每个楼栋都有的，我也经常到楼顶上去，是消防应急楼梯的出口。我看到11号楼的楼顶摆着两个大号塑料桶，一个蓝色一个白色，清洁工人做清洁用的。但我没有看见清洁工人。

2020年3月13日

事情开始变得潮湿起来

沙湖公园里面有人。七天前有一个。三天前有一个。今天有四个。也许每天都有，但我只看到六个，总共六个。前面两个是真正散步，七天前的一个，和三天前的一个。他们从水杉林里穿过，很快就不见踪影，都是往公园大门方向消失的。后面四个人中，也有两个（一男一女）是朝着同样的方向散步，但他们远一些，在乌桕树那里。他们挨得很近，几乎是并排在走。还有两个人站在小广场上，这两个人没有走动，按照广场的直径线对立，但都面向湖。我如此详细地描述这六个人，其实是想说不管组织多么严密，还是会存在漏洞。我记得沙湖应该是封闭了的。六个人，不像是公园的管理员，没有穿着制服。也不是清洁工人。他们怎么进去，尤其是怎么出去的，我不知道。总之公园里的人越来越多，即使相隔七天，只多出三个。也许是好消息。但凡有人开始钻空子，空子就会越来越大，看起来公园离干脆开门的时间不远了。组织也是如此。组织总是被无视纪律的人弄出很多窟窿，直至消失。当然这个道理简直不能称之为道理，因为几乎是天然的规则，甚至是事物发展的必经之路。比如嫩芽钻出树干，长成树枝。比如一棵种子钻出地面，形成树林。当然这两个比喻并不恰当，树枝和树的产生本来就是目的，有助于组织的壮大。也许我应该举1998年洪水的例子。那年老家洪湖，人民已着手准备紧急迁移，以便留下整个洪湖市作为分洪区。在此之前我妹妹已经带着十多个亲戚家的孩子来到黄石避难。而长江对岸的簰洲湾因为一个漏洞导致江堤决口，大水淹没了毫无准备的地区。灾难的天平毫无组织性地并未按照计划倾斜，洪湖因此得救，嘉鱼因此化为平地。还有一个例子，我从历史书中得知。因为一个人的深夜叫声，造成庞大的军营瞬间崩溃，它有个专业的名词叫营啸。悲剧之为悲剧，只是作用的对象不同，否则便是对立一方的成功。其实我想说的是，几乎所有重大事件的发轫微不足道，但结局让人恐惧。飓风起于萍末也是这个意思。

2020年3月14日

缺席

出门为时尚早，谈判悬而未决，粮食储备还没有耗尽。陌生人会卷土重来。这是完全有可能的。现在轮到他们犹豫不决，挑选穿什么裤子才能显得年轻。无人能够阻止玫瑰怒放。李庄在书里提到白乌鸦，仿佛白乌鸦不曾带来黑夜，通过反问的手法他驳斥了这种说法。乡镇还在提心吊胆，甚至比陌生人刚到来时更加紧张。人心思动不是好事，两个新出现的体温异常者被证明是虚惊一场，无损于大好局面。他们可以悄悄地开门。我还没有做好收拾行李的准备，不是给我而是给陌生人。据说陌生人会潜伏在某地，直到两年后镇里的男人再也无法生育的消息得到确认。空气中多了一些生物，要有人给它们挪出位置。

整个二月我已将一部分生命献给陌生人，它几乎耗光我所有的焦虑。也许还包括三月，谁知道呢。富贵竹疯长到半米高后低下头来，花瓶里的水开始泛出臭味，还好电力是充沛的。研究毛笔，野兔的毫毛。而黄鼠狼才是狼毫的正宗支持者。补锅匠蜂拥而至，磨刀师傅仍然缺席。岳母三年前赠送的菜刀据说是小港当地最锋利的，现在它有很多缺口，我到底用它做过什么。房子北面的风声听起来像是冬天又要来临。但我坐在靠南的窗边，阳光过分温暖以至于不得不减掉一件外衣。好心人总是让我判断失误。在死者面前嚎哭时，我们对死者的称呼是，我的好人。我的好人，我们陌路不逢，但愿哭声足够送你上路。

2020年3月17日

这个非凡春天的每一天

这个非凡春天的每一天，我习惯天黑之后带着腌菜步行上楼。离楼顶也不远。每上一层楼梯前，腌菜都要扭头看我一眼，只有确认我不会反对并且跟着他，他才会放心攀爬。好像我会丢下他，独自拐进别人家里似的。他不知道，不管我们怎么拐弯，都还是要返回的。楼顶其实并不适合散步，整个大楼的排气管出口都在那里，不停地排出废气。能够闻到厨房飘来的各种气味，油烟和别人家的菜蔬混合在一起让人反胃。我只能根据风向选择站在武昌还是青山。如果是南风，我就眺望沙湖和黄鹤楼。如果是北风，我就观察夜幕下的长江，我知道我能看到的最远处是阳逻，那是长江从南北流向变为东西流向的地方。腌菜顾不上这些，他只是偶尔扒在围栏朝下看上那么一眼，丝毫不以身处如此高度为意。我怀疑他的视线距离根本无法到达地面。他不知道面前的巨大落差对一个渺小的生物来说意味着什么，稍微不注意我们就会万劫不复。

好在这种情况从未出现。腌菜似乎天生具备对危险的感知能力，他只是偶尔看上一眼，就转身将天台的每一寸地板都嗅个遍。他乐此不疲地重复着这个动作，以为可以找到一片草地，以便他蹲下拉出一泡屎。这是他多年来养成的习惯，只有在草地上才能自如地排泄，我很抱歉这段日子让他一次又一次地失望。腌菜终于放弃寻找，在以为我看不到的地方解决了问题。

东边面对着的是东湖，隔着大约三公里是我以往跑步多次的湖中绿道。从梨园大门开始，穿过东湖到磨山，有六公里。再往南，顺着梅园和疗养院到一棵树，还有五公里。那个地方的地名就叫一棵树。因为确实有一棵树，长在马路中间。它的旁边是风光村，一大片老房子，红红绿绿的违章建筑从低到高，远远看去和里约热内卢有些相似。去年十月我们曾经约在那里，为了悼念它即将被整体拆迁重建的命运，而由谈骁组了一个酒局。我不大愿意在楼顶向西望。西边可以看见长江二桥，离它不远还有一条水底隧道。从秦园路团结大道开始下沉，全长大约四公里。隧道那头的出口有一个是澳门路，我在袁大头买过包子。那是汉口，在我的西边，它的很多建筑我叫不出名字。汉口火车站我是知道的。汉口火车站的出租车很难打到，每次出站都有一大堆黑车司机围着你叫嚷。你艰难地排着队，要隔好久才有几辆的士开过来，还要先问你去的地方是否远到足够他乐意效劳，仿佛排着队的我们是菜摊上被挑选的萝卜。

在楼顶待的时间不长，我并不是每天都能从眺望对象中找出有什么不同。不过是这个春天的马路上没有车来车往，没有人潮涌动，霓虹灯暗淡了一些，显得夜色更为浓重。我打开手机的手电筒将楼顶巡视一遍，用备好的塑料袋收集腌菜的固体排泄物。我在做这个事情时，腌菜不再靠近，站在离我稍远的地方等着，看起来他因此有些难为情。

2020年3月18日

我们吃下的每一样东西

我们吃下的每一样东西都有可能在将来变成我们的神。看到天真老师的日记里说到一棵白菜，从1月27日一直吃到2月7日。真是神奇的食物。她终于决定在2月7日将那棵白菜的剩下部分全部吃掉时，不知道是否怀着感恩之心。我提到了感恩，这个已经变得庸俗甚至令人反感的词，并非是要替它平反，只是觉得心潮翻滚，带着一些悲凉。这个世界从来不缺少将美好事物肆意糟践的行径，我们擅长创造，更擅长毁灭，哪怕它曾经拯救过我们，是神。这一天是无数天中的一天。生物钟开始慢慢恢复正常，起床后去到储藏室，白菜（不是真的白菜，是猫）在柜顶被我吵醒，她下来到餐桌底下待了一会。她睡觉的窝是稻草铺的。这是今天我能够记起的全部，我记录它们，只是因为现实乏善可陈。从起床到现在，整整一天，不想做任何事情。

2020年3月20日

稀里糊涂的快乐

我对快乐的判断是这样的，当我死时，不因讲述往事而产生不愉快的感觉，这件事就是真正快乐的。看起来太过悲观，但有效性不用怀疑。只有一个问题。死亡到来时，我到底是选择回忆往事还是交代后事。涉及选择，快乐还是真正的快乐吗？梨卜懒说鹧鸪的叫声像这个房间的脉搏。童天遥说，现实从来就不存在，仅有沉默是作为参照的美德。这两句话可以组合到一起。“鹧鸪的叫声像这个房间的脉搏，仅有沉默是作为参照的美德。”而现实从来就不存在，这句话我放在后面单独写下来，只是因为它其实是一切事物的假设和前提。很多时候梦境和现实傻傻不能分清你是知道的，如果一样东西既可以是这样，又可以是那样，那实质上它就既不是这样，也不是那样。选择意味着抛弃，选择的权力就是抛弃的权力，你会同时获得两种权力。你赚到了。你过着失败的生活，你赚到成功的希望。

楼下又传来狗叫声，那个将狗留在家中的主人还没有回来。腌菜也听得到，腌菜每次都会回应几声。我猜他是在安慰。当然这无济于事，即使已经取得救助获得足够的粮食，但毕竟接近两个月时间，房子里有且只有一只狗。身处困境的现实切切实实地存在，沉默却从来无法解救。即使还能狂吠几声。快乐到底从何而来。我需要在深夜舔舐一粒硬糖，以提防饥饿到来之前的恐慌。糖的甜蜜暂时掩盖所有关于处境，未来，功利，庸庸碌碌，等等之类终将到来的现实，带给我一种稀里糊涂的欢喜。

2020年3月21日

一切都是有据可查的

做饭时戴着耳机，听什么并不要紧。只是想在菜刀与砧板、锅铲与锅的碰撞中制造出缺席的样子。仿佛无所不能的神在人类的灾难面前无所作为，这是有意的。也许正是他安排的。死去的祖母也说过，一切有如天定。即使是白天，厨房里依然昏暗。生活不曾给我太多光明，但我还是舍不得离开。有人说过去的这些天，已种草两种美食，但不知道行动自由后，能不能在武汉找得到。我告诉她，云吞面，当然是翠华的好。菌子火锅我也记得是有的，但忘了在哪里。另据湖北气象消息，今天下午2点除恩施外，省内大部分地区气温已达25℃以上，襄阳保康和咸宁赤壁甚至突破29℃。部分地区森林火险气象等级高，或较高，林区需要注意火源管理。如此豪华的春日盛景，不免令人既羡慕又敬畏，不禁猜想汉口火车站的夜班列车是否已趁人不备偷偷启动。

3月21日，这当然是不可能的。

但是在洪湖，71岁的老父亲已经可以动身前往汉河，去和他的三个妹妹相聚。我看到他们的餐桌上，摆着粉蒸鱼块、粉蒸土豆和排骨、青椒鳝鱼丝、野韭菜鸡蛋。还有一盘清炒芦蒿，这是早上在野塘里现采的。看起来是大摆宴席的样子。晚上读到Liosa的虚构颂，他说如果没有虚构，我们将很难意识到能够让生活得以维持的自由的重要性。这正好验证了我在窗台种下的那盆植物。其实只是一个很大的萝卜带叶子的顶端部分，连带着残留的叶子我有意切下大约三寸厚的萝卜，放进花盆中用水养着。它居然也在慢慢生长，全然不知道这一时兴起的生命，终究是没有好结果的。

虚构不能成为我们的生活，但构成我们生活的意义。一只名叫白菜的猫，和我们一同生活了七年，她的出现带有极大的偶然，而她的死去在我们看来不可避免。我们已做好准备，将目睹一个活物从幼齿到耄耋，到消失，这必然的结局令我们不敢多加想象和审视。对于猫来说，这已经是她最安稳的一生。还能怎样呢，有轨电车在这个城市运行，它遵循着人类制定的规则，乘坐它的人却早已去向不明。

2020年3月22日

第六根手指

秦园路上已经有骑共享单车的人，连续看到好几个，这真是一件令人惊奇的事。有那么一刻，我甚至以为一切都恢复正常了，而明天正好是星期一。伟大的上班生涯虽然意外中断许久，但毫无疑问会再次降临，要不了多久我又将投身朝九晚五的生活，为这所剩无几的一生供奉下一个十年。众所周知的常识总会出现一些故障，比如一只手，长出第六根手指。我们以为按部就班已经是自己能够做出的最大牺牲，但灾难会给你更大惊喜。从来没有想过，能够上班居然还是此生的愿望之一。

谈骁日记

二月

三月

- 2020 年 2 月 8 日
- 2020 年 2 月 9 日
- 2020 年 2 月 10 日

- 2020 年 3 月 3 日
- 2020 年 3 月 4 日
- 2020 年 3 月 9 日
- 2020 年 3 月 11 日
- 2020 年 3 月 14 日
- 2020 年 3 月 29 日

2020年2月8日

今天元宵节。上次在家过元宵，还是2001年，我读初三。高中以后，正月十五都在学校、在单位，远离家人，也就没有过元宵的氛围。今年虽是在潜江，但一家老小齐聚，午饭时外面有鞭炮声，晚上有烟火，与童年的感觉无异。

因为外公生日在元宵这天，小时候元宵都在外公家过。有时候，正月初一去外公家拜完年，并不跟着父母回去，一直等到十五他们再次上门。家中的习俗，元宵没有灯谜和花灯，也不吃汤圆，而是深夜去田里点一堆野火，人们围着火边转圈边吆喝，这叫“赶毛狗”，取驱邪避恶之意。

对元宵节的另外一种回忆，和在湖北大学的七年有关。湖大有一支龙狮队，每年元宵都要在学校里舞上一回。最后的舞台在校门边的广场，几张大方桌支在中央，几只狮子翻上翻下，动作难度极高。那是我有生以来见过的最专业的龙狮队。今天武汉依然病毒笼罩，龙狮队肯定不能照常出门了。

说说小溪。她这几日，用岳母的话说，已经完全融入了。看鸡下蛋、鸡回笼之外，又发现邻居家的一只鹅。岳母要抱她，只需要说一句“我们去看大白鹅”，她立马止住哼唧，乖乖投入岳母怀抱。晚上，岳母照样能抱到她，鸡鸭鹅虽然见不到了，可外面常常有烟花。最初，她听了烟花声音会往后缩，现在也习惯了，炮声一响，立马往外指，岳母于是接过她直接奔屋外，两个人朝着烟花方向，小溪负责看，岳母负责说话。一般是问句：“好不好看啊？”又自己回答：“好好看啊。”小溪表达好看的方式，只是仰头不动，偶尔嘴里嗯嗯两声，极高兴时才会伸出双手，像要把那些转瞬即逝的光抱到怀里。

看烟花，顺便也会看月亮。最近晴天多，总能看见月亮。今天月亮真大啊，先是高过院墙，慢慢高过屋脊，最后高过了门口的两棵水杉。月光很亮，很干净，照得周围白斩斩的。武汉见得到这样的月亮，但见不到这样的月光。小溪也认得月亮了，她兴致好时，我问她月亮在哪里，她便伸手指给我看。今天她的兴致主要在烟花上，我说了几遍，她没有理我。

烟花终于没有了，岳母喊我进门。回到屋里，就回到了现实。岳父在手机上看新闻，满屋子都是“病毒”“传播”这样的词，让人避无可避。

2020年2月9日

十五一过，年就过完了。上学的上学，打工的打工，种田的种田。现在工作延宕，即使在农村也不例外。岳父是粉刷工，以前正月十六一定会出门一趟，算作一年开始，今年，他只能给树剪剪枝，给菜园松几锄土。岳母要忙一点，她把厨房里的锅碗瓢盆拖出来洗了一遍，蒸笼、甑子这些大家伙，洗完后收楼上。这是唯一一件可以体现年过完的事。中午阳光好，我出去左右多走了几步，邻居们也大都如此：收拾工具、清理屋场。人人都按照惯性做好了回到正轨的准备。

特殊时期，度日而已，不需要多高的生活水平。如果家里孩子多，可能就另当别论。隔壁二妈家有两个孩子，一个七岁，一个九岁，正是没有零食不能过日子的年龄。今天二妈拗不过，骑着电三轮去采购了。知道她出门，岳母、隔壁的大妈和小妈纷纷电话她，让她捎带。回来时，电三轮满满装了一车：土豆、蘑菇、小面包、大馒头、酸奶、饼干等等。但也就在她回来后不久，村里开来一辆拖拉机，把这条唯一可以出门的路封了。

昨晚，魏天无老师约诗，说《长江文艺》杂志要出抗疫诗专辑。我仍然没有写出诗。许多朋友都在认真写作、翻译。前日修文主席发我他新写的《致母亲》，由封城隔离所见母子两隔写起，中间写及蒋士铨、周寿昌、苏曼殊，以及自己与母亲的种种遭际，让人心悸。他写目睹母亲以开水泡饭而不忍相见的情景，我尤其有感触：我也有这样身在困厄而强颜欢笑的母亲，我也是目睹此种困厄而装作不知的人子。但此种写法，也藏着写作者的无奈，足不出户，终究无法进入窗外那绝望的现场，所以其中情感，只能以古人勾连，以古诗点染。这种无奈，其实也见于很多人的封城记录，信息获得，多是转手的经验，并非目睹和亲历，惨痛、绝望、尖锐其实都有所弱化。

至于我，身在离武汉150公里的地方，现场感就更无从谈起了。潜江的现场感，更准确地说，是潜江乡村的现场感，连大幕的一角都算不上，最多不过幕布上的一点线头而已。

2020年2月10日

许多城市今天正式上班。许多中小学校今天复课——网课。侄女今天因此起得比平时早，九点整，她在房间里正襟危坐，我在旁边陪读，其实是看热闹。先登“学习通”软件，太卡，老师于是换到腾讯的会议管家。

先是数学课，前半节课都耗在调试频道上了。第二节课是体育，班主任放广播体操音乐，侄女在房间里一板一眼地做起来。可以想象，当此之时，多少人在自己的房间，一起“一二三四二二三四”。这个场景也不无夸诞意味。

第三节课是语文，他们的班主任蒋老师读了一篇她自己写的《给小朋友们的一封信》。信里写到为了准备上课素材，她拿着学校的函件和当地的证明，一路“过五关斩六将”，终于到达学校拿到电脑的经历。末了，蒋老师告诉大家，现在非常时期，小朋友们只觉得无聊。想出去玩；然而外面凄风苦雨，灾难深重。同学们一定要听话，要守规则，要学会理解。侄女读三年级，听得似懂非懂，当老师问“大家听到了吗”，她打开语音，说：“听到了。”许多同学都打开了语音，我听到了此起彼伏的“听到了”。

课上完，侄女写作文去了。今天本来阴雨，下午突然放晴，五点左右，阳光穿过云层，简直有清晨的明媚，加上屋后空气干净，阳光更显得清爽，照在麦田，照在封路的拖拉机上。我赶紧喊侄女出来看，又想到她昨天背的杜甫的诗，告诉她说：“这就是迟日江山丽啊。”迟日江山丽，春风花草香。这样的天气，可以让人暂时忘记头顶的乌云，想象一下即将到来、终将到来的春天。

有欣慰的消息，微信里看到许多视频，方舱医院里，病人跳起了广场舞。这可能只是生活常态：生活再困厄，日子也得过。我们不在现场，对其总有风雨如晦的想象。倒也不能就此说武汉人如何泼辣、豪爽，我一直不喜欢也不认可这种地域性的性格标榜，仅仅是人生命力的自然呈现，在哪里都是一样的。

2020年3月3日

疫期的生活，因为在写日记，且是每周一推，我觉得时间于我是以周来计算的。过去的六周，42天。一天天走过来，回头看，只觉得难以想象。我可能在过人生中最长的假期，也是最煎熬的假期。

没想到上周的日记溅起了一点现实的浪花：中午，村支书开车上门，说看到了我的日记。继而解释说，最近几天他没有开车过来（我在记录里几次提到了这一点），是因为防控重心有所调整，他一直在村口卡点驻守。我也解释，我日记里所提，并无指向性，更不是批评，如实记录而已。言谈之间，各说各话。我惊讶于他对我的记录的敏感，一个多月里，村里的防控我屡有提及，虽然没有拔高，也绝不至于歪曲；他呢，大概也觉得我的记录不够全面。为了“全面”，我和郑队长约定晚上去村里的卡口，直观感受他们的工作。

晚七点，郑队长开着他买菜的三轮，带我去了村口。除了支书，还有四五个执勤的人在。

这个卡口是附近进出市区唯一的应急通道，涉及七个村、两个社区，管控期间流量不少，急事也多：有喝农药的，有玻璃划破了手的，有老人突然发病的……不少事还在半夜，他是村支书，晚上只他一人守夜（他说这是发挥“先锋模范”作用，做好了表率，也便于平时开展工作），睡不好觉是常态。我去看了他睡觉的地方，在一个帐篷里，一张单人床，床板断了，下面垫着砖头；被子上有“民政救灾”字样，是上面发的；被子上盖着一件军大衣，床脚边还有一个取暖器。支书说这帐篷密封一般，下雨时尤其明显，有天半夜漏雨，被子湿了大半，他用取暖器烤了一整夜。

防控的条件确实艰苦，我大概理解了支书的委屈，他和我微信交流时，说到许多人不理解他们的工作，遭了不少白眼。我的记录，自然不算“白眼”，但没有写到他们的工作也是事实。我在卡口待了接近一个小时。八点，他们说要出门巡逻，“主要是抓打麻将的”。我就自己回去了。从村口卡点到家，大概两三千米，正路上空荡荡的，一个人也没遇到。只在经过绕村而过的小河时，看到两个人顶着大灯，在河里捉鳝鱼。这个季节鳝鱼还不多，这两个人很熟练，我在桥这头时他们刚刚下河，过桥的工夫，一个人已经在喊“搞到了搞到了”。

2020年3月4日

入春之后，虫子多起来。院子里已有许多蚂蚁，连小溪也发现了。我们追着一只蚂蚁，从水泥地一直走到菜园边的泥地。泥地上虫子更多——准确地说，是虫子的痕迹多：那些明显的小洞，是蚯蚓钻出来的；还有隐蔽的小洞，藏在一些均匀的沙粒般的碎土堆之下。土堆不过指甲盖大小，边缘的已经干燥，中间部分还很湿润。都是地底虫子推出来的，仔细看，可以明显发现碎土之下在不停拱动：虫子正在里面工作。

妻子去田埂上扯了一把野韭菜，拨去浮土，伸一根野韭菜进去。她小时候常常这样钓虫子。但多年没玩，手生了；也许是虫子习性变了。一把野韭菜用完，辗转了四五个虫洞，一只虫子也没钓出来。有一个洞里有振翅之声，我们见钓不出来，就拿了一把铁锹，翻开土，竟然是一只蜂子，一扇翅膀飞走了。

我全程看得目不转睛，小溪虽然看不明白，也很投入。蜂子飞走，我上网查，发现这大概是一种泥蜂。这是乡居生活的乐趣所在。我小时候也翻土捉蚯蚓、土狗和蝈蝈，粘网捕知了、蜻蜓，彼时场景，至今忘不了。现在的参与，固然也是出于童心和好奇，但掺杂了“让小溪以此亲近自然”的功利目的。

乡居于我，也是重新认识自然的机会。之前发现的腊梅低头生长，即是一例。今天又有来自樱花和李树花的教诲。门口的樱花开了不过一周，这两天已经在凋谢了。二妈说，樱花开多少花，就结多少果。我小时候看野樱花很多，在武汉见樱花机会也不少，只是从未想过花与果的这一层关系。樱桃树旁边的李子树也是如此，一花一果。只是这果子只是挂上而已，最后并不能尽数长大。

樱花在谢，李花即将开放。如果不是连着三天温度下降，估计已有开的。朋友剑男在湖北通山，他今天发朋友圈说，李花大半已开。我看了他发的图，李花挤在一起，充满了生机。过两天我也可以看到了。

2020年3月9日

早上给一个刊物整理诗。翻出去年下半年写的，重温诗里的生活，真真是恍如隔世：抱小溪在院子里散步，她睡醒后在黄昏里哭了几声；在内蒙古遇到一场大雨，马群依然安静地在草场吃草；去九真山爬山，深夜从没有路的林子里跑下来……只有经过风雨，才更觉得风雨之前的平静。有一首诗《看医生》，写到十几年前去武汉市医疗救治中心（就是如今的武汉市金银潭医院）：我背着CT片、X光片从湖北大学出发，一路转车，最后坐291路到三五〇六（一个军工厂的代号）下车，步行五六百米去医院，其情其景，和现在揣着CT片奔走在武汉街道上的病人，何其相似，又截然不同。

2月初，看到金银潭一个医生采访时大哭的视频。我认得这个医生，十几年前我在医疗救治中心住院时，他是我的管床医生。这才意识到，武汉这场风暴的中心地带，就是我曾经住过的地方。我以前一直管那里叫三五〇六，我住院是五月，医院旁边就是一个大草坡，每天晚饭后，我都去那里散步，等天黑了，再慢慢转回医院。那是一段难忘的悠闲时光。

潜江今天风雨大作。我一天没怎么出门，只中间趁雨小出去拍了一张李花的图：李花全开了，风雨中已经落了不少。旁边的油菜地，虽然岳父围了一圈架子，还是有油菜倒在地上——不是风吹的，是油菜沾了太多雨水变得太重。晚上风止雨停，在洗手间看到窗外大白。打开门发现是月亮。我抱小溪出去，她瞬间发现了天上的大家伙，一边指，一边叽里咕噜。看日历才知道今天是农历二月十六，这是我们回潜江后第二次看到圆月。上次是正月十五，那时小溪对月亮还不太敏感，要我们指给她看。只过了一个月，就变成她指给我们看。

2020年3月11日

今天叫醒我的不是麻雀和乌鸫，而是大雁。大概七点半，岳母在窗外喊：“快来看，快来看。”接着是侄女的声音：“看到了，看到了，啊，飞后面去了。”侄女“噔噔”地跑到屋后，又跑上楼，说：“大雁！快看大雁！”我披着衣服、拖着鞋下楼，大雁早飞远了，只能看到一排若有若无的灰线，是个“人”字。

今天的大雁只是经过，不知道地面有仰望的眼睛。昨天的燕子留下来了，准备在屋檐下筑巢，选的仍然是去年的位置——旧巢已经掉了一半，岳父知道燕子要筑新巢，一周前就把剩下那一半捅掉了。

屋檐下的热闹，除了飞来飞去的燕子，还因为准备出门的人。

昨天潜江放出风声，说近日恢复生产生活秩序。今天凌晨3点，出了26号通告：自今天10点起，除市域内高速公路、国省干线和农村公路对外通道设立综合防控点外，撤除市域内所有内设交通管控点，恢复正常交通秩序。

邻居的反应，真有点“初闻涕泪满衣裳”的意思——尽管已经不是初闻。门口横了一个多月的拖拉机也被人撤掉了，幺叔骑着电瓶车出门，方叔叔骑着摩托车出门，一个不认识的邻居踩着三轮车出门。我早餐后在楼上开单位的视频会议，屋外全是“突突”的车声，以及大家相互邀约、呼朋引伴的人声，甚至还有庆祝的鞭炮声。我准备下午出门，要买什么昨天就想好了：给侄女买汉堡、可乐、榴莲、山竹，给小溪买纸尿裤、玩具和春天穿的衣服，有可能的话再去药店，看能不能买到口罩。

喜悦没有持续多久。会开到一半，手机弹出消息。潜江发布了27号令，宣布取消26号令，继续实行严格的管控。村里出行的人原路返回，好在不是空手而归。幺叔买了蘑菇、香蕉和几包毛豆、玉米种子。去时卡口没人，回来的时候发现路障复了位，布控的人拦下他，开始了新一轮的登记。

幺叔的香蕉是给小溪买的，我下楼拿时，远处又有一挂庆祝解封的鞭炮点上了，我们一起看着鞭炮的方向。幺叔说："是新庙在放鞭。"门口村道上有几辆原路返回的摩托车，看起来是朝着新庙方向。等鞭炮炸完，摩托车大概就把继续管控的消息带到了。

2020年3月14日

潜江解封了。这次是真的解封。昨晚八点一过，外面鞭炮齐鸣，阵仗一如年三十的那个晚上。通告逐渐清晰：拿着健康码，我可以在市内自由活动，甚至可以出城，去省内除了武汉的任何地方，但高速暂不开放，只能走国道和省道。

中午去了市区。车流明显比昨天多，在潜阳中路，高德地图上甚至提醒有两百米拥堵。街边的店面，能开的都已经开了：超市、水果店、服装店、书店；没开门的是网吧、饭店和奶茶店。我们从武商出来，去金桥广场，看起来是潜江比较繁华的地方，麦当劳、肯德基、必胜客的门虽然紧闭着，里面的灯是亮的，也有人在，应该是在做营业的准备。良品铺子开了，限流，我们等一波人出来后才被允许进去。收银台上贴着一张字条：结账时请与收银台保持一米距离。

我一路上拍了许多照片，拍武商超市柜台里的肉、金桥广场三四个勾着胳膊的少女、园林北路湖边的旋转木马和游船、集贸市场两个坐在摊前聊天的老人、章华南路立交下两辆擦碰的车辆。

一路所见，都在呈现一个正常的人间。如果不是那些藏住面容的口罩和大量紧闭的店门，你不会觉得这个城市刚被一场疫情横扫、这个城市的近百万人已经封锁了近两个月。

有人上街，有人消费，城中的秩序即可恢复；农村的秩序则根本没有中断，因为地上的作物、屋前屋后的果树、河沟里的青蛙、屋檐下的燕子，它们都固守着自己的节律，没有什么可以影响。

出门之前，我去屋后看竹林边的桃花：已经开了大半；而屋前的李花已经在谢了，取而代之的是正在舒展开的叶子。因为阳光明媚，因为即将出门，我心情很好，在朋友圈和微博发了桃花和李花的图，配文字说：“解封之日。李花谢了，我看着它们谢的；桃花开了，我看着它们开的。”

2020年3月29日

终于可以回武汉了。

1月21日离开武汉回潜江，今天是第69天。最初的14天隔离期一过，我以为复工回武汉为时不远，每天的记录，都叫“回武汉记”，哪知这个记录写了55天，才踏上回武汉的路。

早上八点半从潜江出发，一路阴雨，大货车卷起的水雾和后窗偶尔模糊的视线，算是回汉之路唯一的困扰。其余都顺利异常：十一点到武汉西收费站，仅有十余辆车排队；工作人员查了健康码和身份证后即予放行。

到收费站之前，心情都算得上平静：喜悦和期待已经被日复一日的等待和手续消耗殆尽，剩下的反倒是忐忑：因为最近在新闻里看到的许多无症状感染者（昨天荆门又发现了一例），也因为小溪。这两个月小溪自由惯了，每天大部分时间在户外、在自然之中，突然转移到不到一百平方的空间，不能下楼，看不到蓝天；而且她和我母亲分别已久，彼此都已陌生。这两点，适应起来都不简单。

出收费站，上东风大道高架，右侧一个显眼的标识一闪而过，我看到了，坐在副驾上的母亲也看到了，那几个字是“火神山医院”。我知道医院离这里还很远，标识却给人一种近在咫尺的恍惚：不仅是火神山医院近在咫尺，也是过去两个多月里的无数灾难近在咫尺。接下来经过白沙洲大道、三环线以及空荡荡的南李路时，这种恍惚更加强烈。到小区门口，工作人员给我们测体温并登记时，恍惚之外，多了几分生疏：我好像不知道如何应付接下来的武汉生活了（起码是最近一段时间）。在潜江的两个月，虽然也是封闭，是隔离，毕竟可以自由出入于菜园、田野，也不会突然面对大量的陌生人，和城中生活有云泥之别。我先开车到地库，里面灯光不好，又开到地面停下，随便拿了两件行李，就和母亲、妻子、孩子上了楼。

一个月前，我们收集了一些朋友关于“回武汉之后最想做什么”的回答，诗人剑男说他离开武汉时，在客厅留了一盏灯，回武汉后第一件事是想知道那盏灯是否还亮着。可能是受他影响，我也觉得家里有个小净化器没关，这个月老记着这事。进屋第一件事就是去卧室检查，竟然关了。

再去看花草：书架上的绿萝死了，阳台上的橡皮树、小榕树、海棠都死了，连我一向觉得生命力顽强的宽叶不死鸟也死了，唯一还活着的是一盆种了七八年的芦荟，以及书房里的两盆长寿花。母亲去厨房检查，冰箱还在工作，冷冻柜里有一点孩子的母乳已经过期，要扔掉；两大盒土豆都发了芽，白森森的，也要扔掉。

下去扔垃圾，顺便拉了一个28寸的箱子搬行李。还拿了两根牙签戳电梯（一个朋友教我的），电梯里有人下去拿外卖，戴着一次性手套，她劝我说：“牙签戳电梯可以，开关门怎么办呢，还是得戴手套。”

行李前后搬了五趟，大部分是吃的。前天回建始装了一些：几十斤肉，已经熏好、切好、洗好，用真空包装分小袋储存；两袋土豆；土豆粉约二十斤；面条一袋（家乡小作坊制作的面条，我们叫“土面条”）；脱水的青菜七八袋；香椿两袋（家里的香椿已经过季，是哥哥的岳母拿过来的）。到潜江后，岳母又补充了一些鸡蛋、莴笋、茼蒿和竹笋。

这些东西，够我们吃小半年了。平时只需要补充一点青菜和鱼。楼下的生鲜超市已经开门，其他团购群也很多，食物其实已经不成问题。行李搬完，又收拾了两个小时房间，屋里终于不是一片狼藉，我有时间打量一下窗外。板桥社区的街巷此刻少有人迹，三环上车流不如往昔，在阳台站的十几分钟里，一辆火车也没有看到……这些细节，连同进城一路的通畅，都在为我补充这个疫区中心的日常经验，哪怕只是一些事后的、零散的经验。

在潜江时，一直有“附近”和“远方”的分裂感：附近是安宁的田园生活，远方则是暴风骤雨。回到武汉，“远方”变成了“附近”，分裂更新了：我是没有经历苦难的人，身边的人——楼下的一家七口，小区岗亭防护得严严实实只看得到眼睛的物业工作人员，在电梯里对我说“应该戴手套”的陌生人——都是从风雨里走出的过来人。不在场者永远无法理解在场者，当时的新闻或者事后的追忆、走访，也许有助于我们走近、了解，但始终只是感同而已，不可能真正身受。

明天正式上班。集团发了复工培训手册，详细交代了注意事项：按排班表到岗，未排班人员进入大楼，要提前报备；错时进出，电梯不得超过五人；早晚两次对办公室进行消杀并做好登记……事多且杂，这会是接下来几个月的新常态。

《回武汉记》终于可以收尾。这两个月里我提到的朋友们，最先疑似感染的W，山东住了几天负压病房的S，生孩子的H，在光谷方舱的K……都平安无恙。过不了多久，我就可以一一见到他们。

诗选本

出门

有很多次出门
我只是告诉了我的父母
关于出发时和途经地的消息
那些目的地
我都悉数保留给我自己
或许再大一些
我也没法给出我的消息
对于我的行程
他们和我一样一无所知
但我接受一切
接受一颗空落落的心
接受我目的不明的行程
接受我得先是个游人
然后再是他们的孩子

一天早上

我上了一辆公交车

那个时候是早上
地上还有水渍
一个机械甲虫缓慢前进

阳光照进来
照进躯体里

它继续努力地前行
每个早起的人都在它的躯体里安静地呼吸

阳光也照进他们的躯体

梅雨天气

我把脸贴在车窗上
水滴汩汩地流下来
我以为世界只是被雨打湿的
一大匹绸缎

我把脸贴在车窗上
水滴汩汩地流下来
我以为是只有这样
才像是一个泪流满面的孩子

胚胎

我的子宫里藏着一个果园
红色的葡萄在夜里偷偷成熟
顺着身体的缝隙
熬成的夜淌成勾人的酒
不断翻身，不断耕耘
待到葡萄成熟时
破裂成一个闪着光的精灵

午睡车间

下午两点二十八分
困顿的样子和一只受伤的小兽
禁锢在口罩里的呼吸，以及
装在袋子里的金鱼
将要下车的乘客是从水面

一跃而起的鱼
地铁在轨道呼啸
发出时间被碾断的声音

第四十五首情诗

正如我所爱的春天来临
窗外的雨点不停
等完这一番春寒料峭
我将会开始祈祷
穿越过一片无际的麦田
向某个金黄色的身影狂奔
在那里，成为一个人的小妻子
筑建房屋
学会晾洗衣物
把脚丫染上泥土的香味
保持辛劳与满足
在每天的日落之前
从身体里收割出另一个春天

第四十四首情诗

人脖子下面的脊椎
天然形成月牙般的曲线
这注定为爱人的夜晚设定
一个侧躺着的拥抱姿势
另一条有力的胳膊
像一只船桨
搁在我的身上
在夜晚泛起了波浪
轻轻地划

第三十八首情诗

全身浸泡在水里的时候
往往感受不到水的存在
只觉得身子
很轻很轻

要我说
爱情一定是种液体
在里面游泳时
自己会变得
很轻很轻

第三十四首情诗

我的被子里都是蒲公英
它们飞来飞去
有的还会钻到我身体里

如果你要走
就带走一只去
让它们坐在你的肩头
累的时候拿过来
打一个喷嚏
让它们随着你的气息
飘来飘去

今天吃什么

家里面有一棵植株
我每天早上起来给它浇水、施肥
它不会被阳光灼烧
不会被风吹倒

我说
看，这株，被我照顾得多好

然后我去晨练、学习
回来给老太做饭
我每天都问她
今天想吃什么

我有时做清蒸鱼
有时做小米粥
有时蒸鸡蛋羹
反正有的是花样
老太　你别端盘子　别拿筷了　别洗碗
坐那就好　吃饭就好
我说
老太，你看，我把你照顾得多好

老太没有时间观念
“今天早上吃什么？” 这是早上
“今天中午吃什么？” 这是中午
“今天晚上吃什么？” 这是晚上
我做清蒸鱼的时候
老太说她知道怎么去鱼鳞和鱼腥又快又好
我做小米粥的时候
老太说她当时就是用一碗碗小米粥救活命
我做鸡蛋羹的时候
老太说打鬼子的子弹比鸡蛋还大
“行了，快吃饭”
老太，你现在最重要的任务就是吃饭

屋子里面没有太阳
也没有风
奇怪
我说这株应该被我照顾得很好
可它却一点一点枯萎、死亡

我问老太
你说，这株为什么会死掉

老太说
以后能不能别只问我今天吃什么
好不好

路雅婷的诗

LU YATING

距离

你站在一米远的地方
似火星
木星很远
土星在更远的地方

神奇的绿萝

立春以后
眼见着绿萝在生长
每时每刻
五公分五公分地长
这一秒扎进我的肩头
下一秒就从我的脚底冲出
我不能侧躺
我的脚不沾地
咕咚咕咚喝水

一粒赤峰的瓜子

在沙发底下
捡到一粒赤峰的瓜子
我要把它带回故乡
从北京坐火车到赤峰
在那里将它安顿好
再从赤峰坐火车
回到北京

回来时
可以坐慢车

鼻子

习惯一个人生活以后
她对群体
已不再习惯
她喜欢她的鼻子
因为鼻子只有一个
她不再喜欢她的乳房

灯笼

挂在铁环上的灯笼
被风吹着
净吱吱嘎嘎地
也不亮
那是十月挂上的
只亮过几天
夜晚散步的时候
我仰过头
从二月开始
整夜整夜地我听着
不再亮起的灯笼
吱嘎，吱嘎
你也在听
在你的卧室里
整夜整夜地
我们一人一半

梦的榫卯结构

用功烧菜
用功吃
用功洗澡，打香香
打第二遍香香
用功睡觉，做梦
做榫卯结构的梦
踩在上面造反
鬼压着我的身体
不叫我醒来
一天又这么过去
还没用功想你

鱼

那是最闷热的一天
因为闷热
我们拒绝拥抱彼此
几只黑色的蚊子
绕着我的腿
咬我，我听见它们
在咀嚼我的血
听见你，在咀嚼我
你的汗水如网
一层层铺设下来
我是一条被捕的鱼
在甲板上跳跃
我们的猫
被挡在了纱窗外面
怎么都进不来

扫雪

阳光很好
我们相约下楼扫雪
扫出一条直达小南门的
能容下两个人一起走的路
就可以
东门和北门的雪
已堆成一人高
还可以堆得更高
只要阳光不那么好
只要你不提
带我私奔

雨声

下雨的声音很好听
电话那头的雨比这头的还好听
你说听不清我说话了
先挂了

在红灯最长的十字路口

多久不曾与你并肩而行
哪怕只是短短的三五百米
踢着小石子，不吭声
微调我步伐的节奏
与你并肩而行
经过几只长尾的喜鹊落地
在没化净的雪上啄食
经过阳光被云遮住的十几秒
巴彦淖尔烤肉店暂停营业

——在十字路口
在绿灯通行的最后时刻
你先跑过去
一辆载满羊群的卡车
正试图在这里掉头

北冰洋

兰州拉面馆开了门
毛细还是毛细
一瓶北冰洋我喝不完
两个俄罗斯姑娘
坐在东南的对角线上
窸窸窣窣地说话
那些腿很长，桌子很矮
我们仨抽的烟
在店子的正中央盘踞
一个小小的星系
适逢混沌当中
老板忙着接美团订单
有人点了烤羊腿
要是春天还见不到的话
就夏天吧
夏天的我们
会移去店子外面

一双粉红色高跟鞋

在你没说来看我之前
我说我要去看你
事情一下子变得很简单
你原地不动

连续几天
我在那堵很高的墙下
走动，观察
我已看准一处
最佳的翻墙地点
只消借着那个小土坡
助跑，起跳
腰背再加把劲儿
就能翻过去
那堵墙的位置也是
摄像头最集中的地方
到时候我得赤脚
先把高跟鞋扔过去

灰顶信天翁

我说我要去见你
在这两个月的当口
你从未当真
现在我说
我将在2020年3月20日
下午两点半
出现在你的面前
你说一小时
打个来回都不够
还没到就得往回赶
那就迁徙，我说
准备出发啦
晾完衣服就走
带上你爱吃的豌豆尖
白灼好么

余幼幼的诗

YU YOUYOU

气味

气味从远方飘来
飘到鼻孔前面
而不进入
气味只环绕
替一些腐烂的物质
传递消息

它在途中
被所历经之事
过滤、转换、分解

气味无味
正是事物变成
空白的
最后表达

正负马

她用心里的恐惧
造了一匹马
充分溶解
在气体中的马蹄
不用说出完整的故事
就能驰骋

舌根制成缰绳
拖着一公升
静音的口腔分泌物

它们同时作用于
马的生命与动力

她骑着马勇敢地
在闪电中穿梭
然后回到自己的内心

反复地笑与哭
她的马
分为
正极和负极

新的一天

金星误吞了
黎明的曙光
以及时态

挑动地平线的
某根手指
把城市的亮度
拨到零

早餐先于噪音
与胃液合成新的图像
继续呈现饱腹感和
昏暗的场景

建筑物在视线下方
慢慢被阳光蛀空
再被逐渐醒来的人用
同样的目光一瞥

新的一天

所见之处都在氧化
包括最平常的
不可违背的重复

长颈鹿

她有长颈鹿的头
但遗失了脖子
她曾经要爬上梯子
才能数清楚头顶的鬃毛
这样的生活无聊透顶

找不到合适的脖子
她就用双手举着
腾不出手来数头顶的鬃毛
现在她不觉得无聊
只觉得很累

洗衣机之歌

我们去参加洗衣机的葬礼
朝着电流的方向从
四面八方汇聚
像无数个被打散的省略号

洗衣机是如何死去的
我们无从得知
洗衣机制造者会不会
混在队伍中间
也无从得知

人们只在用
眼睛的余光默哀

真正明亮的那一双
窥视着所有余光

神父把铁笼穿上身
与众人隔绝
当他念起一段悼词
人们开始回忆
当初只需按下开关
滚筒的转数就会与
亿万年前的行星持平
方向却并不一致
仿佛一种反抗在悄然进行

洗衣机只是
不停地重复又重复
无限次运转后
自来水没过领口的伤痕
白衣服和黑衣服
交换了彼此的颜色

数以万计的细菌
被阻止分裂和传播
数词、量词被判为恐惧之词

而如今，洗衣机置于
庞大的数量之间
并不存在任何阻力
不存在反抗现实的衣服
与组成现实的灰尘

作为死亡的替代品
它的零件被打散埋入泥土
（器官被踩在脚下）

洗衣粉的味道

如魂魄一般
飘在上空

在葬礼持续的过程中
一些人扯着另一些人的喘息
而另一些人又握着其他人的血
逐渐结为一个共同体

没有人哭出声
人们沉浸在
眼眶中的灰色地带
近乎形成一块密不透风的布
覆盖着整场仪式
只有沉默与沉默碰出了些许声音

土拨鼠之歌

像每一颗星星，牢记着
各自的位置。荒原上
一只最小的土拨鼠
也记着，自己的家
它玩着泥巴，哪怕暗无天日
哪怕四壁空空，它玩着泥巴

白夜

你的视野里结着一颗红石榴
它在风里摇晃

下雪了，你站在雪里告诉我
你舍不得离开，害怕这颗石榴会掉下来

这个白色的夜晚，你看着我
说着两个人的夜晚是如何并到一起的

覆雪的红石榴覆盖着寂静
我的欢喜从里面一粒一粒冒出

戒指

灌木丛的上方有浓绿的屋顶
榛子树、槭树以及高大的橡树

阳光从屋顶倾洒下来

每一片叶子都是绕梁的蝴蝶

我站在这里，看着
你在丝丝光弦上写着，这里——

“适合住，和埋葬。”

我悄悄摘走最后的句号
套在左手的手指

我想你

天黑之后，路灯亮了
一盏，两盏
一盏，两盏

路灯的高处，是星星
一颗，两颗
一颗，两颗

最黑的地方，我的心怦怦跳着
一下，两下
一下，两下

我从来不舍得多数，数多少
都是你的样子
数多少，就有多少个你
——让我，爱不过来。让我，手足无措

形态

现在是二月下旬。大片
鹅黄的迎春花，簇拥在河岸边。

河水清澈见底，波纹细小。
记起你说过——
你曾拽着枝条慢慢下水，
在水中，打捞一枚好看的石头。
此刻，河底青苔覆盖着石头，
我的影子被阳光推倒在青苔上。
突然间，有一种清凉
在身体里走来走去。
我一定曾以另一种形态存在过这里。

疫情中的春天

一张煎饼，一根大葱，一碟盐豆
就可以当成午餐
她吃得津津有味
葱的白和绿
像极了那些白一半，黑一半的发丝
这个把身体分给我一半的女人
现在，掐去了葱白
递给我。我咬了一口
也假装津津有味。她不知道
我咀嚼的，是她难以下咽的青春

此在

她们在谈论老人、孩子、夫妻和家庭暴力
谈到死亡时我起身

出门经过一片金色的银杏林，在粗壮的树干间我有些迷茫

这些沉默的异己
陪伴过我们

我张开手臂像孩提时在亲人面前
“抱抱我吧！抱抱这每天都在损耗的身体”

我要和你在一起

亲爱的，我要和你在一起
我在纸上写下与你相反的文字

即使你写到童年，写着——
“我又看到你，从
身上脱下一只梅花鹿的影子”
写着，我爱你——
羚羊号角吹满草原的绿
满江寒水升腾烟雾的白，以及
爆米花般的奶油味……

亲爱的，你写下的我都没有
我站在镜子前
看真实的自己，如何承载你描绘的虚——

窗外，月色嘹亮，两只黑喜鹊停在树上
像两枚黑色的果实

你的田野

我是闯入这里的蝴蝶
忙着给你的小野花们重新命名
婆婆纳是蓝眼睛的波斯猫
芍子挂满紫铃铛，我叫它紫霞仙子
蒲公英是你的小妻子
你们的孩子个个都是小飞侠
你站在红叶石楠树林中平视村庄
蝴蝶在你的视线里飞进来

又飞出去
把你当成另一只蝴蝶
你责备它太传统
当它放肆地黏上你的嘴唇
你又红着脸，咬牙切齿
——你会读心术吗，你这个小魔鬼

耳垂

可以闪光的、暗淡的
沉甸甸的、轻飘飘的
可以永远的、马上融化的
——可以是感兴趣的一切

如果你也对我感兴趣的话
就来看我，你可以请我喝酒
如果我乐意的话
你可以趁我醉意蒙眬，咬我发烫的耳垂
还可以告诉我
你爱我，不顾死活

池塘

窗外，垂柳甩动枝条
在春水上，画着小圆圈
水波荡漾时——
它要它吻，它就抱；
它要它抱，它就吻；
它要它融入它，它就像
一滴墨，溶于黑夜般决绝

站在窗内偷窥的人，差点喊出
一个名字。

他曾在深夜，把她摁进墨水瓶
让她在纸上，一次次氤氲

虚拟

“你是我朝夕相伴触手可及的虚拟，
飘飘然然空中遇见你——”

闭上眼睛——
那些一起触摸过的田野，以及田野里的风，风中覆雪的冬石榴你说是上帝没有带走的灵魂

“你是我未曾拥有无法捕捉的亲昵——”
歌声萦绕，仿佛你指间烟雾闪烁

心中悬挂起一万颗露珠
心跳一次就碎一颗

我和他

我和他并不融合
不停地复制着双重悲伤
我渴望得到自由
他也一样
在我们共处的最后时光里
他像超人
怎么可能临阵脱逃
他把自由标了记号
我也一样
我们荣获了自由
却又忘了怎样去挥霍
占用我许多时间的爱人走了
消失在我开始爱他的地方

语言中枢

无法被开发的语言中枢
我和你无法进入更深刻与具体的论题
没有规则可以遵循
在你的影响下
我失去了语言中枢
像海蜇一样
舒张比收缩自如
三天免费体验了复述原话形式的迷宫
泡面比白酒更加刺鼻
我是个语言业余爱好者
根本不懂逻辑
我是21世纪反面教材分支之一

我的每句论点在你看来都不太妥帖
请别跟我划清界限
我不想在每句话下面署名
请赋予思考大过语言的本性

肉罐头

我不喜欢吃肉做的罐头
大火煮熟了失去
弹性
变得紧绷的肌肉组织
高度压抑的骨架被塞进即将封闭的铁盒子里
日月无光
漆黑一团
我暂时把那件东西当做可以改善伙食的美味佳肴
从货架上取了沉睡着的它
放到布袋里
但我没有想过要打开它
因为我永远也不想知道那件东西到底藏着多少秘密

没有想象是不幸的

想象充满优惠
一只会抓老鼠的猫
天性是助手
想象随时将事件的发展
任意改变方向
老鼠吃掉猫填饱了肚子

想象改变逻辑
被塑造出的美好祝愿
向来都在犯错
人人指望着真理

一切都会变好
最终明白真理善于伪装

想象产生错觉
当人在谈天说地时
应按事实
把人的尺寸调整到相应大小
千万别倨傲鲁莽
步步为营真是个不错的选项

第二十四周

从上次受凉到现在已经过了二十四周
始终没吻过我
给你的健忘症打了满分
干燥空气吸干嘴唇上的
所有水分
裂开一条粉红小口
不停地流着血
没疗法
舔了一次又一次
决定把嘴唇送进新升级的真空包装袋
减少伤害

最近没了热情

楼上的男人好久没回来了
但不足以让我忘却他

自以为是的坏蛋
别人活百岁
他能活千岁

他往常的夜里闹得好欢
像通了高压电流
无休止的迪斯科惊魂
隔层的地板
阻止我成为他的载子

他曾露着粉肉
拉我的手
说带我
去马桶旁喝啤酒
烂醉前还可以下去游个泳

我上瘾后
他就离开家再没出现
我要把他抛弃我的丑闻
登上日报

无题

我丢过不少东西
丢过死亡的头发
丢过膨胀的细胞

我中过几种病毒
说谎话下一秒爆炸
莫衷一是会被炭化

我懂了新的规则
病从脚入祸从嘴出
生活的真相是爱与被爱

我也实现过愿望
没被蠢者法则淘汰
胸膛大成了斗兽场

为什么会喜欢一棵树

它们只需一条腿
就可以站很稳
很好
不像人
还需要什么狗屁的
平衡
平衡即政治
在树的世界
没政治
他们每一个自己
就是一个独立的祖国

一个下午

有一天下午
我跟我爸说
你要照顾好我妈
我没了后
不要让任何人知道
尤其是我的朋友
我和父亲
我们两个
行驶在没人的江边
开着他的车
江水后退
阳光很好

我的父亲母亲

我对他们说
你们没有爱情
他喜欢他表妹
她喜欢老家的
一个年轻人
他不承认
她也否定
继而都笑了
我父亲他坐在沙发上剥栗子
我母亲在厨房洗碗
我回来的时候
他们正围坐在一起
谈论着明天的
好天气

下午2:13的麦当劳咖啡

此时
这里是多么宁静
好像我们
从没犯过错
一样

玫瑰与爱情

玫瑰太顽强了
居然整整坚持了快
两周
没想到啊
这么娇贵的

花
但正因如此
你也一定要想到
爱情肯定也比他们说的要
顽强
别放弃啊
像那些玫瑰
一样

人类孤独科普

我想我是孤独的
这孤独
甚至无法解释
我曾在另一个孤独的夜晚
哭泣
哭泣的原因
只是因为
原来两个人也消灭不了
孤独
一个人能让另一个人
比独处还
孤独
那么果断地离开他吧
这种人
只会辜负全人类的
爱意

酒

酒给我带来很大的好处
但也带来无尽的麻烦以及
一些别的

什么

酒有时好像象征了

另一个自己
另一种生活
他与它
都是
活着的
完美的

人有时会不定期死去
这时
你就特别需要酒了
它不仅让你复活
还能让你不再怀疑
自己是一个
圆满的
人

圆满太难了
人生就是做梦
你没法指定今晚的梦
是噩梦还是
美梦

这时你手里恰好有一瓶
酒
它是一个友好的朋友也是一个温暖的拥抱
你终于可以
暂时放松一下
对生活的
警惕
并
不再恐惧那个

满怀深情的
你

禁止做梦

一经生死
无意义的事物
变得越来越清晰
越来越多
但我们认同的有意义的
肯定不一样
比如你觉得长发没意义
我觉得有
比如你觉得鲜花没意义
我觉得有
比如你觉得这种特殊时期
卿卿我我就算了吧
我觉得这事
永远不能
算
且必须要
有

死去的橙子

还剩六个橙子
再不吃就烂了
冰箱表示拒绝：一个腐烂的橙子
更不要说
六个
它们必须被隔离。或
处死
所以你拿出橙子

不是一个而是
六个
已经开始腐烂的一个
正在腐烂中的二个
还没腐烂的三个

你只吃掉了那一个
已经腐烂的
它们必须被隔离。或
处死
这
也是你
想要的

雨整整下了一个小时

我在黑夜
我在吃
一本书的
内页
吃掉名词，感叹词，形容词
逗号，分号，句号
一个有点长的句子或一个
段落
但我最想吃掉的
还是
一个标题
这个标题是：
一想起你就难过，这是
爱吗？

一根隐喻

一根山楂条
裹了太多白糖
放进嘴里沙沙响
暗示了一种廉价的快乐
我不喜欢暗示
不喜欢沙沙
也不喜欢甜

梦游扶余国

四十年后
虬髯日复一日
捶打一张干燥的鱼皮
一年
打出一双钉珠麟饰及踝靴
小香根
又复一年
鱼皮捶至柔软光滑
再制一顶光面鱼皮珠纱帽
插三根孔雀毛
配一朵淡紫色玫瑰花
还剩下
最后一点困惑

暗流

是终止什么呢

那天傍晚的晴天里
一只骆驼
降落到阴云的下面
唯一的一只
骆驼

四周，芜杂、贫瘠
野草不比砾石
鲜艳

旷野的边界线
与傍晚的光线达成共识
一直推出去很远
一座小小的
低伏的土丘
在我的喉咙下方
哽咽

是终止什么呢

还有一次
2014年哈尔滨的隆冬
月亮满照
手指和耳朵生疼
我一个人走过亮堂堂的田径场
只听得见自己的喘息声

下午

我们去竹林里掰笋
竹林就在屋后头
竹林里不热
还有风
我听见鸡毛在叫

它的猫崽子都被送走了
这一整天
它都跟着我
我不知道怎么安慰它
我喊鸡毛
鸡毛便过来了
像只孵蛋的母鸡
蹲在竹林里
回去的路上
我看见一只蝉蜕
挂在皮草般毛茸茸的笋皮上
三哥说，可以卖钱

观看

雨水足月过后
竹林里发了好多新笋
我给它们拍了些照片
因为天光照不进来
照片幽暗深邃
有黯淡和芬芳
脚下是败叶与腐殖土

我站在竹林底下
看着照片
不禁诧异
为何年月的痕迹
在裸眼观看中如此不易察觉
另外，我还在照片里
找到了更多的笋

如果沉睡也是一种修行

因为一直沉睡不起
我记下了一些梦
因为要记住
梦也清晰了许多
暗示、混沌、模棱两可
在梦境中
一一得到修正
经年累月之后
在梦里
梦也有了是非观
有了警觉心
克制之道
有了梦境之外的袅袅天籁
是以
生命虚实对称

失明

新月上弦的沙漠
穹顶拱立
回想起
恐怕这一生
再也没有机会
再次看见
那么清晰的夜晚
以及那么明亮的星空
从北斗七星
到银河
我大约
只花了不到一秒的时间
瞥见那么多星星
在我的头顶

光辉璀璨
我却当它们
只是星星
这是解释不清楚的事情

且叫云香树

我们开车去赶集
经过一棵树
一棵小树
一棵长满白云的树
因为白
起初并不起眼
但当我们第二次经过它时
我立刻，便认出了它
还是那么白的云
绿叶托着
不过，我还没来得及
说出它的名字
我们的车
已经开到了前方

24小时自动成人用品店

太阳很毒
我穿着黑色吊带裙
躲在24小时自动成人用品店抽烟
一个小女孩去隔壁便利店买雪糕
路过的时候
看了我一眼
出来的时候
又看了我一眼

名字

我默念你的名字
如同抚摸滚烫的烟头
你的名字
那样好听的名字
你的名字就是你
我用一万种方式
默念你的名字
绝不动手
写一下

关系

判刑结果
会根据
情节严重
而定

刀子插在哪里
决定
两个人的命运
凶手和被害人
如此命运相连
胜过这世间
任何一种
关系

美国女孩

我终于有了几张
像美国女孩的照片
背着巨大的双肩包
扛着相机
在礁石与礁石之间
在海边
在落日下
工作以及对相机摆pose
就算没有大笑的脸
就算气氛过于安静
我看起来也像是一个
内向的美国女孩儿

九月

与他同居时
合租的人
养了只白猫
叫九月
等到了真正的九月
我们已经
分手半年了

老烟鬼

风大的时候点烟
火机的火是透明的
火被风吹得
倾斜了九十度
只有老烟鬼
才能找得到火
点得着烟
就像我
一样

布考斯基

因为穷
和英语差
不想回北京考
已经报名的
英语四级
布考斯基
不考四级
我安慰自己
喜欢布考斯基
所以不考
四级

镜子

从快递站
抱一面镜子
回家
在镜子里
我看见自己

抱一面镜子
在走

顿悟书：十一月，在禅城广场听吉他演奏

禅城的风很大
阳光很亮
我们站在咖啡馆门口
不知道该去哪儿
这时候
禅城的风
依然很大
阳光也
依然很亮

顿悟书：栗色夹克

房间昏暗
壁灯兀自亮着
我穿着栗色夹克
里面套一件夏天的T恤
在屋子里游来荡去
需要选择一件事来将自己填满
擦鞋子　洗衣服　翻一本无聊的经书
或者，坐在电脑前打字
我已经26岁了
（多么美好的年纪）
不老，也非年少
我正在朝
某些不明的事物滑去

顿悟书：静物投影

一口白色瓷碗
一只蓝色烟灰缸
一次性杯子是透明的
即便它装满水
洗衣机在厕所工作
电视被挂在墙上
那些角落的闲置之物
对命运安之若素
衣服很合身
鞋子套在脚上
一些温度流进体内
一些温度消散空中
当我觉得自己是一个虚无之物的时候
我即变成了物之本身

顿悟书：从山上下来

时值春。
画完写生我们在
石笋峰的寺庙歇息
有投影。
树木将自己拷贝
玩一个叫“阳光下”的游戏
喝下满嘴清泉，
从路边的水龙头。
一个和尚
和一个尼姑
在谈论香火钱的问题
我回来，多年之后。
走进生命
感受着万物之源
一如昨日

顿悟书：健忘症

衣服洗完了
才发现没有放洗衣粉
你点击按钮，将镜头回放
有时候是，满屋子找那个水杯
其实就在不久前，它被搁置在你脚下
从沙发里，站起来，去房间转一圈
你已经想到了要干什么，一切都在向计划靠拢
当你划破空气，重新陷入沙发
才明白你要得到的充电器还插在三孔插座里
去一个地方，会坐错无数次车
仅仅是因为马路多绕了两个圈
即便那个地方你常去
还是会被眼前的陌生感惊呆
想好的一个句子，在笔尖触碰纸面的瞬间
肥皂泡般啪的一声从脑袋里炸灭
这些仅仅是，我健忘症的一小部分
一天之中，我会忘记好多事
也罢，一天之中
也会有好多新奇在产生

顿悟书：终南之隐

山中的雨在下
山中的雨砸坏了叶子
山中的雨打湿了树干
我就住在山中
我既不是叶子
也不是树干
我是一头麋鹿
我就住在山中

顿悟书：一个短篇

金黄色的声音
在房间回荡
仅仅是一阵雷雨
在高过天花板的夜空
酝酿　闪现
时刻警惕，在重庆山城
云层低压，诱惑之夜
我坐着，等待一个人
她在楼下的街区
转个弯，鬈曲的头发
拖动一片香气弥漫
在很远的飞机场
一些远航的旅客
把手掌放在胸前
祈祷一个好天气

顿悟书：潮

你穿着黑色皮衣
在靴子轻微的咯吱声中
走进一家便利店
拿到你想要的
任何东西
一桶泡面
一瓶冰镇雪花
一包13块的摩裟
或者
你干脆只是想
推开那扇
绿色玻璃门
看看里面
都有些什么

多年以后
你早已经忘记
那个平淡无奇的早晨
它们和你那些
不需要储存的记忆一并
被时间的洪流冲走
直到
你翻到这首诗
它们又像潮水般涌回

顿悟书：冬至

独自一人
穿过清晨
去农贸市场外面的
汤粉店要一碗猪肝粉
调一碟辣椒水
加姜末　葱叶
撒点儿盐巴
味道合适

独自一人
穿过早晨
在水果店称两斤冰糖柑
去商店拿一把面
为下午和明天的粮草
做好储备

踩着冬日的阳光
走回家
打开门
关上门

顿悟书:勿菲薄

站在酒店狭小的空间
数着鬈曲的腿毛
厕所的换气扇呼噜噜抽着风
为我争取更多的氧气
我很庆幸孤独的时候
有一件东西在为我而转动
这样子就像我很重要
的确如此，如果我拔掉
插口里的房卡
整座屋子将会失明
万幸
阿门

顿悟书:马或者其它

那是一匹马
没错，那是一匹灰色的马
没错，它旁边还有一匹马
那是一匹棕色的马
没错，它们都是马
在原野上咀嚼野草的马
没错，越过它们
是一片城镇，荒凉、衰败
没错，那是一片鬼魅之地
上帝拉出的结石
没错，它们正在变成文明的灰烬
它们在马的远方燃烧
更远的远方
群山蔓延

诗一 的诗

SHI YI

终归尘土

打扫卫生时
发现好多头发
长的短的
这一根那一根
刚把床上的捡起来
一低头又看见一根
我把它们卷在一起
拿起打火机
呲——
一股烧焦的味道钻鼻
这让我想起那年亲人去世
我去了火葬场

我的时间简史

我出生于某年1月8日，
那天正好是霍金诞辰
也就是伽利略去世周年
目前为止活得很好
我希望自己死的时候也是3月14日
那天霍金逝世
也恰好是爱因斯坦诞辰

破蛋

打破一个生鸡蛋
并没有采取常规方法

而是先打开一条裂缝
然后告诉你
我要把鸡蛋打破了
转身把蛋壳在桌上磕裂
一小片一小片地
从蛋身上把蛋壳撕下来
夹着蛋液扔进垃圾桶
让蛋清随着手指的空隙
滑落下去

66床

男医生坐在床上等电梯
电梯门开了
很多人都挤在里面
我们彼此看了一下
他从床上站起来
对我说他走电梯
说完转身就走了
我站在门口不动
也没打算告诉他
就是他刚刚坐的那张床
我睡了一整夜

你爱我

你爱我的身体
爱我的心灵
那么
你现在什么都有了
你还爱我什么

晚上

在教室走廊看到一只水牛
它往前爬着
突然停住
只见它翅膀张开飞
却没飞起来
它朝前爬了几步
停下来
几只脚用力踩地
翅膀比之前张得还要大
可它还是没飞起来
它发出叽叽叽的声音
继续重复着以上动作

元

我把自己重新树立
又把自己从根部砍倒
先把自己切成一段一段
再把每段的自己削成一片一片
最后把一片一片的自己粉碎成
一把一把的木屑
在自己生日当天
撒在祖先的坟前

砍断一棵树

一棵树，繁盛茂密
长在别墅后面
别墅后面是一条小河
小河对岸还有一栋别墅
别墅后面也长着一棵树

月光下，你拎起斧头
砰地一下子
砍断了一棵好大好大的树

喝粥记

都快喝完了
才发现
一只蚂蚁
动也不动地浮在小米粥上
我用勺子把它挪到碗边
一边注视着它
一边把剩下的喝完

我想起有一天我吃了一颗好甜好甜的水果糖

想想
我都牙齿痛
是那种渗透牙齿
比咬冰块还刺痛的痛
幸好当时那颗糖
是吃进了肚子
不是吃进牙齿
要不然那种痛
我肯定
想都不敢想

都是月亮惹的祸

月亮在变化
中秋的月亮也在变化
中秋看月亮的角度
也在变化
思念会变
思念的人会变
就连思念的时间也是
“每逢佳节倍思亲”
哦，我该想念你们了
这都是
月亮惹的祸

圣母院不在了，我来给你讲个故事

晓得它是个建筑物
也是篇小说
但无论你觉得它是建筑还是小说
它过去都是个故事
现在更是个故事
但我讲的这个故事
关于曾经住在那个建筑里的鸟儿
飞去了哪里
和住在小说里边的鸟儿
再也
飞不出去

有人看见一个小孩站在桥上望着一列拉煤的车自言自语

呜呜呜
呜呜呜呜
呜呜
呜
呜
呜呜
你的叫声
好像
一列火车哦

巧克力和诗和情人节

写这首诗的时候
它只是一首诗
买这块巧克力的时候
它只是一块巧克力
但当我把这首诗

刻在巧克力上之后
它就是巧克力和诗
就像
我和你
是我眼前的无价之宝
情人节这天
我把它送给你
而不是情人节

花时间

之前
城里边有家小店
第一次经过
注意到它叫“花时间”
第二次经过
我在想它是做什么的
却没有抬头看
第三次经过
我认真地
看了下
它的内室
和里边的人
等第四次再经过
那家店已经关门了
现在看来
或许第五次
我就会进去坐坐
也不至于到现在
我突然想起它
却怎么也想不起
它到底是做什么的

和平鸽

在太多的图片
和绘画中
看到过
一只又一只
被放飞的鸽子
却没人见过一只
能够飞回来的和平鸽
就在刚才
我在一首歌中
见到了
它这样唱
鸽子
鸽子
你什么时候
还会回来

诗和酒的关系

今晚我喝了酒了
从不舒服到舒服
只是因为喝了酒
喝酒前没想写诗
喝过酒就想写了
这就是诗
和酒的关系

找东西

有件东西
不知道
不见了多久

不记得
找了多久
只希望它
不再“跑”出来
否则我还让它
凭空消失

伤心的姿势

离今年的6月6日
还有六天
还有六天
我的十七岁
就跑走了
可我还没有准备好
就连伤心的姿势
都没有准备好

如果你把漆黑只当作一种颜色

我在漆黑的夜里
摸索着下床
摸到漆黑的笔
翻开漆黑的纸
写下漆黑的字

最后
我用漆黑的杯子喝水

抽一支漆黑的烟
我好像闭着眼
眼前一片漆黑
又好像什么都看得见

遗憾的比如

我说我第一次抽烟
是为了戒烟
你信吗
信是因为
我抽了烟
就可以抽烟
也可以戒烟
如果我不抽烟
我就不会抽烟
也不会戒烟
一生中突然少了两件事
该有多么遗憾

不是也是

十年前写宅基地后面这片杉树林
“笔直地指向天空的心”
杨黎发过这首诗，对这句相当保留，我也马上感到难为情
什么是心
我心想
我背过心经
阳明心学没怎么了解
我开心关心，心里难过
Broke my heart伤了我的心……
意识情感都装在脑里，中西语言的心是误会

这些杉树
又静静长了十年
我这才，
恍然感到当时，怎么写出它们的心

空气中的话音

我堂哥们的舅舅
在后面的菜地里
和他们的妈说话
我从小就认识他们
现在午睡被他们吵醒
才认识到他们是姐弟
在地里说话
总是干巴巴的
比较费神
而在田里说话呢

总是静音的
有时人多了，就像麻雀
欢闹好一阵

逃走的豌豆

剥青豌豆
多数顺从
碗里渐渐多起来
无暇顾及从指尖
逃走的几颗
有的直奔家具下面
有的还在鞋面弹跳一下
在脚边停止翻滚
捡起来吹吹灰
和大部队放在一起
那些躲在角落里的
总有一天会被我扫出来
或许就马上
扫也不一定扫得干净
所以或许要经年
它们躺在那里
发霉又干枯
像离我几光年

人类的一个瞬间

我妈死的一两个小时后
我觉得那还是肉
脸，手
怎么可能是尸体
尚有余温
一般是让儿媳换衣入殓

我要加入
丧葬师还配合地说，亲生儿子有什么不可以
我控制着没去看
母亲的身体
她比10年前胖
从瘦的基础上胖回一些
这不算悲伤的事情

乌有之乡

加气站的夜班师傅在彩票板前争论中奖号码
此时他们快下班了
有早饭和被窝等着他们
中奖号码
谁又知道呢
只是想提神醒脑，轻松一下
“妈哟，都要7点钟了”

新津县的三轮车师傅紧扎裤腿
有的憨厚，为多要1元钱面露难色
有的狡黠，少找1元钱后蹬车就跑

大学档案馆的工作人员
我称其为老师
回拨了我的手机
告诉我找不着的档案又找着了

新津县的办证中心
从来不在电线杆上打广告
我造访
对待人事一样对待我的人事局
处理公共安全一样处理我的公安局

净身返乡

办户口，找活路
一切都太奢侈了
包括它的和谐

樱桃花，一串串淡淡的

院子里几棵
樱桃树
老娘种下
好多年
老桩
长得
很不好
去年打去枯桩
剪枝
挪了一棵
到桶里种着
另一棵
种去田边
今年似乎有成效，它们开花了
干干净净，不稀不稠的花苞和花瓣
这个早春
流感经久不愈
走近看一眼
对花苞带着期待
对花朵有呵护之意
特别桶里那棵
放在老娘坟头
欣然有了生机

湘灵鼓瑟

香樟树是什么味道

只有撇下香樟树枝来闻闻才知道
甚至
才回忆得起

温暖是什么感觉
不就是感动吗
那是可以捏的乳房
老家的灶孔

火的燃烧
水的循环
没那么复杂
想则不通
通则不想

痛就是忍受
逃避是因为失落
不忍则暴露善良

路漫漫
街灯在浪费着电
生活欢迎你
别怕人不知道你了不起
河水露出了浅滩
这时代终将不过沦落如此

春分是什么

窗外的红嘴鸟和我不一样
它们醒来就说话
要是知道它们说的是什么就好了
会不会说，哦，天气不错
会不会说，安全安全，没有猎人，人间很美好
还会不会说，我渴了，我饿了，我想某某了
叽叽喳喳的声音，也有些让人讨厌
会不会再幸灾乐祸地说
春天里没有活过来的植物
都是和它们无关或者是它们不喜欢的

以及虚构

此时空旷的不只是窗口的柿子树
被喝光了水的塑料瓶不用推便能倒下

重量落在蒸锅里的包子上
一棵从异乡来的白菜被彻底宣布死亡
秋季的死亡只是个假象
在鲁亢诗集的第一百一十六页上
翻身起来的人也是个假象

有时候把在视觉里停留的物体看成还没有失去
有人总是为此虚构盛大的相认
虚构盛大的敲门声
门口的亲人都是善良的，都有含在眼里想落却没有落下来的泪花

我需要写一首情诗

我也以为悬浮的东西很轻
一伸手它们就会灭亡

可是头顶的云，倒挂的柳树，眼前的落花
经常能躲开天敌
从身体里延伸出很多小刺

以至于我离开了居住许久的居所
在河边反复看一个钓鱼人的执着和安静
也看鱼钩上饵料香气里暗藏的杀机
看鱼的挣扎和忧伤

更想努力缩小自己，然后一跃就能漂浮起来
或者在困境里有人能理解我的沉默
不说我背叛和抛弃了爱的人

扑克牌

总有想浑水摸鱼的缩了缩身子
总有小兵完成大使命
总有拆飞机卖零件时的无可奈何
总有大王小王不到火候不敢随意发兵

失去的半壁江山可能是个假象
最老实的人手里还握着炸弹
眼睛里看不出他还爱着谁或者恨着谁
那么逆我者就是要亡

呵呵，运气真是个好东西呀
他眨了眨眼睛
真好，就能要风得风，要雨得雨

那条鱼就要死了

亲爱的，亲爱的
哦，这次我喊的不是你
而是我自己
我竟然离一条河是如此的近
近得不可想象和不真实
我能清楚地看见钓鱼人的面孔
以及他黑褐色的鱼饵
也看到了一条鱼被拉出水面
被放到透明盒子里
它没有死，它还游来游去
但是它肯定要死的
或许是午餐的时候，也或许是晚餐的时候
亲爱的，亲爱的，这次喊的是你
那条倒霉的鱼就要死了
我为什么离一条河如此的近

无名桥以及倒影

它应该有名字
我只是懒得去打听
常看到垂钓者趴在桥头钓鱼
我倒是有些关心
那么混浊的水
钓出来的鱼怎么能吃

可是用手机拍出来的照片很好看
蓝天白云倒映在里面
房子倒映在里面
花草树木倒映在里面
我倒映在里面

倒映在里面的东西即使挤压重叠在一起

也没有变形或者坏掉
我被垂钓者的鱼钩勾了好几下
一点没感觉到疼

逝去的情怀

贫困富裕
在一个时刻得到公平对待
那就是死亡的时候
今天路上遇到送葬的队伍
乐队演奏了《梦驼铃》《二泉映月》
最前面的车播放着哀乐
这哀乐低沉
正是大人物辞世时电视上播放的哀乐
这一刻平凡逝者得到同等的安慰：
二泉永久映着月亮

侠客

每一次进KTV
只要不是对唱歌曲
我一般都会握着其中一个话筒
理由很简单
万一哪个朋友
某一句唱不上去
我可以即兴助唱一两句
帮朋友解除尴尬

大风吹来一阵狂喜

听到风声呼呼
大喜奔出屋
大风刮得对面阳台衣服凌乱

大风吹拂特别舒服
大风吹得万物呱呱叫
远眺对面绶溪
两岸风物葱茏
大风呵
星汉灿烂，何其脆弱
昔日我们在风中山盟海誓
如今一阵大风就可以把我们分开

致友人

有些诗人虽没见过面
但在心中已是朋友
大部分诗人见一次面
会产生歃血为盟的兄弟般亲切
有些诗人相见
会产生希望他
留下来驰骋江湖的快意
一起大碗喝酒大块吃肉的
水泊梁山豪情
朋友们，伙伴们
但愿我们再次见面
是同类相见
物怜其衰
故人入梦
而不是年老色衰
的缘故

在仙游县，你见过大海

陪家人溪边漫步
路遇一个老太太在跟孙子说
看到没有，大海

孙女牙牙学语
大海大海
她奶奶继续问
大海大不大呀，大海大不大呀
孙女说好大好大
我心情复杂走了过去
有点庆幸
也有点失落
我非世外高人
但我毕竟是见过大海的人
大海从不留情面

天象

——2020年2月13日至16日的武汉

阴沉了半天，云开了半天
太阳羞于灿烂
只要露面，就风雨大作，雷电交加
甚至冰雹，甚至雪霰
仿佛一场凌厉的惩戒

第二天，阳光普照，蓝天如洗
惟有寒气袭人
即使伪装的微笑
也掩饰不了疲倦的呵欠

第三天，大雪漫天，代替禁足的人们
在空寂的大街上狂奔。无声无息
是为了呼应猝不及防的死亡
上苍也知道，此刻一定不能呼风唤雨
那样的动静会让他感到羞耻

第四天，晴空万里
让人思念起白花般的云朵
借此祭奠一切故去的生命

这是我从未见过的天象
反复无常，不可捉摸
如肆虐的病毒变幻莫测
也像在默念里尔克的诗句
“此刻有谁在世上某处死，
……望着我。”

夜梦太史公

夜里，我梦见了太史公
瘦了，比流传下来的画像
更添了愁容
如我白天凝望的压城黑云

我坚信是庚子年的钟声惊着了他
颤抖的双手，本想为他研墨
不料他佝偻着腰向我打探
世间有无悲凉

我不敢直视
低声问道：不知可否记之？
太史公双手一摊：有何不可？
——万老师，走了
——朋友老杨，走了
——同事的母亲，走了
——同事的岳父，走了
——前两天还通上话的人，也走了

瞬间，太史公瘫坐在地
凹陷的眼窝渗出浑浊的泪水
记下！记下！记下！
一边仰天疾呼，一边捶胸顿足
把我从梦中惊醒

春花

倒春寒是在一场噩梦后来的
窒息和死亡是噩梦的记号
梦中，无法记清
春花是否悄然绽开
听闻太多的苦难和悲伤

鼾声也像是在呜咽
我捡拾起一张春花的彩图
把它放在朋友圈，它沉默不语
纵是有留言要去刺破重归的冰窟
也难以让它对应一轮圆满的秋月
这个庚子年，该保持清寂
让每一天都成为寒食节
熟悉的面容，陌生的身影
都要像这朵春花一样
不抱幻想，不许宏愿，于微光之下
于莽莽原野之上
回归良善和安宁

英雄

看到你羞涩的样子
我才知道教科书并不是万能的
还有花环和勋章
在你遭遇生死后，生死还没有终结
只有当你面带羞涩时，它们才显得真实

伤春的人，除了看到绚烂，还会相信落花为泥
明知你不会带着想象踏上危途
但我更想让你选择畏惧
哪怕犹豫片刻
也应让人肃然起敬

假如你曾因无助而抱头痛哭
假如你曾有过身临绝境的呐喊
就让我躬身修一道哭墙吧
从此成为你的回声

夫妇

他们烧弯的身影先于
他们自己坐下。
两支锈蚀的锚
沉在水底，年轻的
帆船被一阵风轻快地维系着。
水从中心向四周
消失，缆绳般拆散
摞在海藻色桌布的虚无中。
岛屿的小托盘
在上面移动。他注视着
她，和浪花间
她曾经丧失的事物，
并不悔恨。而窗外
码头冷淡的光线中，
另一个她仿佛
刚刚走进来，他知道，
他们得再次起航。

粉红琵鹭

在长满波纹荨麻的
砖灰色的水面上，
有时，能看见一大群琵鹭
仿佛建筑工，胆怯地，
用水泥般的喙，呈半张开状
如两叶褪色的君子兰，
在微风中迟疑，正逢霜降，其呼气线条
犹如金银花丝卷而下垂，

对着水面自怜，但事实上，其意志
并不曾衰败于自我的形象——
如果仔细看，它漆枪般的头
紧紧地扼制，那股从舒展的，黝黑
如同黑树枝的爪趾末梢，劈开冬天寒流
盘旋而上的樱花红！

而这整晚倦于激情的
半吊子艺术家，冷漠地
躲开红树林矛兵的视线。
它们密不透风的气根
犹如锁子甲，抵抗着行军蟹
在深绿色的水中锈蚀；
涟漪的铁丝网呼呼作响，
和集中营撞击的声浪四溅。
诸如古埃及砖上的鸟类
所思考的，有关永恒的时间问题，
或者保罗·科利的画中，
那只头发乱糟糟，准备好
承受一切的新天使，
则与它们意志所能承受的
指示物无关。和大多数鸟不同，
它们不歌唱，也不会
创造任何事物，尽管
“惊奇作为第一种
最基本的激情”，已经
让它们习以为常，
并且觉得完全满足了我们。

马戏团

这些天雨大得仿佛
能将日子的牢笼冲毁。
思念像马戏团的野兽退场，

踮脚穿过它尖酸而不熟悉的客厅。
出于对暖气的苍白脸色以及
其合乎礼仪地放弃热情的尊重，
冬天即将过去，但电灯泡的喷嚏
几乎再次让所有的事物变暗。
在比你更好理解的事实中，车站
像一片雪花一样站立，在两座小山间
把窗户的标本，插在河流纵横的
标记灰色心碎和托尔金的地图册上。
幸运的是，它准备好失去的
比已经失去的更多，如同水电费账单。
和圆珠笔滔滔不绝的弹簧类似，
两个月以来，作为自我的售票处，
这仅有的戏剧感并不来自时间
标点似的雨，后者以其击伤大脑的散文
不断敲打我的围栏，而是完全
取决于时间中，雨对自身的厌倦
如何平复，又如何在你的心中化为乌有。

教堂音乐会

一阵阵温柔的风吹拂
我们微妙的感觉，但是空气里
什么味道都不存在。
在雨渐歇之际，车灯轻松的，
仿佛预备好应对一切的口吻
放走了时间，说慈善家的客气话，
时而面色阴沉。我右侧的小女孩，
掰樱桃的普理查德女士，
坐在她母亲腿上，叫声像埋怨亡灵，
当学生慌乱地走上台看着我们，
弹奏《魔鬼圆舞曲》，一种末日论的
老迈的笔调正在他手上速写。
以几乎相同的速度，在你扫视过

周围的大理石，和那把全新的，
柄如鼬鼠尾，长有白色条纹的黑伞边
在和声中飘摇的圣母像后，
我们确信，这座教堂还算年轻，
而门口的杜宾犬意犹未尽，
像是冲我们嚷嚷“禁止离开”。

搬家

——赠西哑

再也不会睡在相同的地方，
拥有角度相同的风景，和邻居，
连室内墙壁的白色也不会相同，
但这远非旅行。即使去海边，
或者城堡周围，也用不着
凭意志抛下所有，从一座城市
和自己的咳嗽飞到另一座城市，
并试着接纳新的交通规则，道路，
和以前几乎被你视作野蛮的
凌驾另一种语言之上的语气。

搬家用不着这样枉费心力，
没有什么东西跟踪你，那些杂物
全都没意愿进入你的生命，
尽管你曾经对它们消耗激情。
别去翻那本已然残破，像老奥登
沟渠纵横的脸的诗选，也不用
收起它旁边，撂下农活的打印机，
鲸鱼似的嘴张着，像波士顿
退休的观鲸船拴在码头上
疲惫而无所事事。每次我去海边，

像跛脚的海鸥，水蚊子般大小，
趔趄在风暴中，我都感到某种

在体内铁索般作响的
同样的疲惫，也许带着怀疑，
将自身置于风浪的中心，
如同码头清洁工，随时准备
弯腰撇清大海的白色浮沫。
我知道，下次冒雨出门的时候
如果我什么都不会带走，
这就相当于说，我没有完成工作，
待在原地，等没人注意我会搬去火星。

从背面重新再翻开

只要坚持不睡
夜的补偿金就没法
送到我手里

我就不是被
白昼吸取、消耗的
受害者

这也是为什么
上小学时，我将一本写完的
作业本从背面
重新再翻开，写

禁足，近两个月

视频会议时，发觉自己的一张脸
还可以用于正式场合
但表情迟滞
可能因为网速

白天不够用来刷课，做饭，读书
夜晚不够用来睡眠
只好将夜
用作白昼
读书
直到
天再次亮

我认识玫瑰的一天

和高原的夏天一样，芬芳短暂而无意义。

——题记

我认识玫瑰的一天
母亲有闲暇，在玫瑰树旁
仰面嗅一朵花

我认识玫瑰的一天
理解，它是一位农妇的雅致

母亲离玫瑰最近时
针线活、擀面杖、镰刀其实
就在不远处

我认识玫瑰的一天
它比爱情，更贴近生活

芍药女神

用力如在劳动
母亲屁股朝天
在花园里，弯腰嗅一朵芍药花

她肯定收了满怀的重瓣芍药
晚上睡在身旁
听见鼻息轻柔
花香恢复了劳动妇女
青春时轻快的睡眠

我知道大海是怎么运行的了

完全是一滴水
母亲融入夏日
无边无际的田野

开始拔草，重复一种
简单的动作

我知道大海是怎么运行的了

山野沉着
一整天
母亲重复一种简单的劳作

从庄稼地里拔出杂草
扔到一旁
一边挪动脚步向前
一边摘除多余的浪

想通了

我越想找到年轻时的
母亲就越老得快

在我无能为力，不得不承认
无可违背的自然规律时

某张老照片的侧影中
或记忆里
在我前面埋头赶路的母亲
清晰地浮现

一个人年轻时用尽气力
到老满脸皱纹，像是
时间许诺的完美

——毕竟可以不用光洁、坦白地
面对它的质问了

它们都听懂了爱情

我父亲惦记生病的妻子
星夜赶路
自行车嘎达嘎达响过周末的旷野
前后村的狗叫不停

一次被堵在“龙多”村
忘了是什么风俗不让
外乡人
出入

父亲只好说出
妻子生病的事
汉语夹杂藏语
辅助手势
为学生讲课一般
说服聚拢的村民
将自己放行

“飞鸽”牌自行车
嘎达嘎达响
村里的狗在身后
叫得很温柔

它们都听懂了爱情

锦衣夜行

他醒来
触摸到椅子上的
一堆枯骨

他烧水
添热的
喝一口
血肉又回到原来的位置

敲打键盘的手
感到凌晨六点钟的空气
还没有挪动
远处林中，虎啸隐约
搏斗、厮杀
一轮红日的胜利
即将写完梦的圆周率

而她已在卧室床上
睡到
第二觉

那辆三轮车与诗歌及我

讷河午夜的长街　星月和我
寻找车轮里的收获
灯　笔直的路

帽子和手套缀满辛苦的汗水
翻毛皮鞋蹬踩板油路面所有呆滞的表情
诗歌在眼镜片后复活成一团迷雾
西大街歌厅里蛙鸣还在延续着寒冬的沸腾

笔尖流淌着阳光的热
三轮车上　扭动的身躯
重不是我的错
蚊子需要在城市的神经上吸血

偶尔钉子亲一下我
却不见半个幸福陨落
今晚的月亮里没有火锅
一块三的烧饼也能跟着车轮行进
诗的王国

妈妈　我是您一小块儿胆里的石头

这个节日让我无地自容
路途遥远可能只是半个借口
更多的是我对您
脑中血栓的畏惧

学会积蓄　不要胡乱花钱

早点找个媳妇　别猫戴帽子是朋友
狗戴帽子也当成朋友

这些咒语让我脸红　让我愧疚
没有认识戴帽子的朋友

妈妈　我是您一小块儿胆里的石头
或许不能给您打造一个耳钉
不能为自己做一个戒指

因为我有胆　却很小
没有把幸福这条路走好

在没有幸福以前　我决定不再回去
您缓慢的希望
妈妈　还要等到我抓到幸福的手
带到家门口

倾斜的印鉴上铭刻着一生的眷恋

这些凝固的篆字上，我的岁月
封印在镂空的字面里
那些带有色彩的印泥，也无法改变
心里的执拗

这些被淡薄的故事，经常会是
一个名字或者是一张老旧的照片
或者是他静静地靠在一个盒子里
等待着一双温暖的手臂

举起这些发光的光阴
太多时候，我们都是沉湎在
净白的纸上

那些留下的足迹
蜿蜒着从眉宇间的皱纹中
突围而去

我独自在黑暗中面对门口的镜子

有些光只有失去的时候，才看见真相
我一直默默地站在身体之外
却无法看透一面镜子里雨后的时光

黑暗从心头开始漫延到镜子里
一片模糊的往昔，从一个念头
迅速爬上眉宇的江湖

目光越来越淡，门户关上了
我没有打算出去，只是站着
等待一束光从镜子里升起

靠近黎明点燃的一扇窗子

你随意出入　在正常与恍惚之间
时光打开冬天的白色口袋
有些风浅浅地吹起
所有星光含蓄地洒在窗棂上

这是午夜后的第一声鸟鸣
击碎了固执的灯光
和身影行走过的味道

这蓝是蜕尽苍茫之后的血色
我只是伸伸手臂
把那些没有点燃的往事
封在抽屉里

阳光啊阳光把我照耀

即使不是黎明前的彷徨
这中年的光，依然很温和
所有的亲人，不断地
从我生命中渐次走开
我一次又一次脆弱地跪倒在夜色里

断了根系的牙齿，仿佛只是痛
痛在一方水土之上
仿佛盛开，只是绚烂的一瞬
凋落才是生命的原乡

地平线的云雾总是缭绕在思念里
在我苦不堪言的诗句里
阳光才不会西落远山
才会让夜色涂黑青春的星子

如果只是偶然，我把你写进一首诗歌里

一朵花开在时光的流水里
那些芬芳就会留在记忆的深处
成为远航者的坐标

在这首诗歌里，你安静地聆听着
文字以外的声音
和所有凝固的思想

这只是偶然，在所有的底色中
你闯进一首诗歌里
再也没有出来

当喜鹊飞上我的记忆
你就会从七月初七翩然飘来

那时候，我已经是另外一首

把你写进我的生命里已是必然

窗上的凌霄花终于在中年以后开了
你从来不惧怕阳光和远处呼啸的寒风
尽管你丢失在岁月里的锋芒还是会刺痛
那些光阴的影子

这一支红色梦幻的酒杯
被多余的思想装满，然后就着一块清脆的话题
北大荒和兴安岭那些滚滚松涛
痛快地倒进喉咙

把你写进我的生命里已是必然
那扇窗子外是我的故乡
我的茅草房和一片遥远的月光
只有低声回旋的牧笛

刘强 的诗

LIU QIANG

荒草中的两个人

一男一女吃着瓜子
没说话
他们需要阳光
阳光照耀了他们一个下午
一个下午他们坐在
荒草中
荒草一样
把多余的阳光
反射了一个下午
但没说话
这是在荒野
你碰见了
他们吃着瓜子
没说话，不走动
没看你
太阳落山的时候
你走出荒草
他们也走出了荒草
连心跳的声音
都没听到

麻雀是麻雀

早上下楼看见喜鹊
胖胖的喜鹊
从花树
跳跃到地面
我不快不慢经过它身边

它东张西望跳了几跳
我没想它是在觅食
唱歌
还是锻炼身体
这单纯的一幕被初春
平淡的朝霞辉映
对了，前几天我还看见
一树麻雀
在初春平淡的霞光中
上下蹦跳叽叽喳喳
它们不像喜鹊
离我这么近
这么亲切
怎么说呢
喜鹊是喜鹊
麻雀是麻雀

是想象，不是回忆

那是可以有枪的年代
我忘了那枪是谁的
那一年我趴在河滩的
石头上，趴了很久
等一只飞累了的肥鸟
落在我前面的另一块石头上
它东张西望不停歇
还是挨上了
我沉默已久的那一枪
但是我忘记了那是
哪一年哪个季节
大河的名字山川的走向
更是忘了鸟的类别
鸟的表情神态
有没有一声惨叫

现在我才开始想象
它的父亲母亲伴侣儿女
是的，是想象
不是回忆

攀登者

我刚好走到西山山顶
在最冷的时候也就
打打霜
结些薄冰
寒风永远长不出刀刃的西山
想起珠峰
一群人在那里爬
那么大的风
那么厚的冰雪
垂直的坡度
氧气少到你的身体器官
无法正常运转的程度
人在哭
在笑
在死
在攀登
我常常不由自主这样想
这样与世隔绝

今天没有太阳

今天没有太阳
喜鹊和麻雀
叫得还是很欢
白花开了一些
红花开了一些

黄花也开了一些
柳条上的嫩芽冒出来了
微弱的香气
凑近了才能闻到
这是自然，寂寞
又清新的事情
今天不用上班
不用买菜
我安静地把这些香气
一丝丝梳理得
光滑笔直
幽蓝的荧光
可能就要闪现

一杯小酒

只想喝一小杯
解解乏
但我却拿起了笔
那就写这杯酒吧
我却写到了粮食、水
写到了田野
田野上的日出
长长黑夜
以及蝗虫、农药
看着酒香已消散的这杯小酒
兴味索然

回家的路

前几天上山砍的柴火
放在山上。柴火应该干了
今天准备搬回家

柴火不在了
回家的路上试图看看
上山摔倒时留下的痕迹
痕迹不在了
以前都只翻一座山的
今天翻了三座
还是望不到
家在哪里

鞭炮声响

罗汉寺周围的鞭炮声响了
我认真听
每一声都一样
我仔细听
每一声都不一样
回头看电视里的辩论会
太能说了
一个比一个能说
今天元宵，酒已上桌
三十年窖藏玉米酒
我浅饮一口，闭上眼睛

白花

晚上回来，我看见
一树白花，开在小区里的
小路旁。每一朵都
明亮，通透，嫩白嫩白的样子
我前后左右瞄了一些时候
要把它们拍下来
要避开路灯的浸入
要避开你家阳台他家窗户的灯光

交织一起的暖意和暧昧
我现在只要花，不要背景
纯白的花，开在纯黑的夜晚
然后，我失眠了

路亚 的诗

LU YA

醒

记得叫醒我，我对贪睡的自己说
夏日午后，开始打雷
风大起来
草木纷纷摇落
外面还晒着我的花槽，花上一层灰尘
“该收场了，余生已短”
我突然就醒了，脊背发冷

他让我心动

一张正义凛然的脸
微翘的唇
我摸了摸自己的唇，很像
他的头发浓密，有淡淡的青色胡须
性感，帅气
他越来越靠近我的时候
我终于看清
这是一张通缉令

窗前的梅树

梅花簌簌落下
年轻人嬉闹着，拣拾地上青春的尸体
可以预见，他们做成的雪水梅香丸
治愈不了任何病痛
我睡了太久
梅枝上没剩下一个词语

我知道，如果我写到这一行还不结束
这首诗也将死去
但我并不惊慌
我知道不久，绿叶将缀满梅树枝

我是一堵墙

小敏要去塔西堤岛了
一个人去。“一路上也许有危险，
谁叫美好的事情大多是危险的呢？”她说

在小敏出发的路上
风把我的睡裙吹成一朵花
一面旗帜，当它变成一面风帆、一纸信笺时
我给小敏写了封信

告诉她我也要出发了
真的要出发了。可我刚想移动
才发现，我是一堵墙

一种疼

我以为，我舌尖的味蕾
需要辣椒来激活
我预料，它的辣恰好
在我的承受范围内
一天之后，我洗过辣椒的手
被你紧紧握住
辣显示出强大的后劲
我的手越来越热，越来越烫
直到疼痛难忍
不得不从你的手心里抽出

瘾

他告诉我什么叫血透
举例说明了
尿毒症的后果
又感叹肾源稀缺
我迟疑着说：
亲人之间
是否可以捐肾
他一下子兴奋起来：
捐肾以后就不能
有性生活
就这样，这个陌生人
这个出租车司机
在接下来的二十分钟时间里
无论我如何不搭理
或转移话题
他都坚持
说着有关性生活的话题

致歉书

春日、暖风、青草……闪着光
你看到吗？野雏菊又开了
我们走过的小巷，多么空

一路上，一根快断的弦
被你轻轻拨响……

回想起来，那些喧嚣的日子里
我把哀伤扔给了你
把火焰和海水扔给了你

我的心，忽软忽硬

你默默地承受，生活多么琐碎
而你，在一排排失神的空酒瓶前
磐石一样爱着那些瞬间

回想起来，你是一头狮子
却没有发怒过……

请接受我迟到的歉意吧
路旁，青草上一滴疼痛滚落下来

心酸

有了小秘密的女儿每天
用英文、日文夹杂着火星文写着日记
我的秘密是我看不懂也知道她记下了什么
暮色催我老的时候我是坦然接受的
当她的懵懂和喜悦才刚刚开始
以后，就由我负责替她看
小时候看不腻的星空、银河
替她读，那些脸谱和墙角的阴影
替她整理乱糟糟的房间。我变得脚踏实地
我小腹酥软温热的时候越来越少
但其实我的爱并没有减少
我只是，不再说多余的话吃多余的食物
睡多余的觉，认识多余的人
但人是复杂的，因此我望见——
喧嚣的街头，一个男人疲惫而专注的
注视让我心酸，他对爱情的渴望
让我心酸，并让我在瞬间就爱上了他

迄今犹记

2020年正月初一，小雨。
小区的小路上无人，
大街上无人，
钱塘江北岸那曾经熙熙攘攘的游步道上
无人。
你走过的
仿佛是一座似曾相识的空城。
而你——
已不再是十七年前
那个少不更事的年轻人。
在那个非典最为肆虐的初春，
你与阿朱、刘刘、阿华田
穿街走巷，
流连于
一家家冷冷清清的咖啡馆与餐厅
享受难得的静谧时光，
并因此暗自得意。
又仿佛三十多年前，
你在一大群小伙伴面前
率先坐到
一个因崭新而更阴森的墓穴前，
然后与他们一道
以最快的速度逃离，
而那惊惧与颤栗中的欢喜
迄今犹记。

一行永不再完整的诗

当你读到黛玉临终时的悲鸣，
“宝玉，你好……”
这个已永远不可能重新完整的句子时，
你的眼泪滚落了下来。
不是因纸上的故事，
而是你突然想起，
你的一位远亲临终时
在手机上写给他爱人的
一条几乎一模一样，
又终于没有发出的短信。
在他重病六年，
而被主治医生与所有的家人判处死刑，
并从省城医院被接出，
送到他出生的那个偏僻的山村，
那间他年迈父母居住的
昏暗小屋之后。
而他用尽最后的力量
写下了
一行永不再完整的诗。

祖父

如果祖父依然活着，
得以目睹这个如是残缺的人世，
他应是悲伤远多于欢喜的吧？
事实上，他离开人世已接近一甲子，
在母亲嫁过来的两年之前，
也是他得一种怪病，
瘫痪在床一年多之后。
而在解放前，
他曾作为这个一千多人的
千年古村落中

最富裕的一户人家
年轻的一家之长，
随即因在解放前两年收购到大批，
准备贩卖到省城
而堆满整个峡谷的名贵木料
被一场突如其来的洪水冲走，
而在解放后被认定为中农，
并因此得以出任这个千年古村落
新中国后的第一任村长。
他的四个儿子也算争气，
两个吃公家饭，
一个后来接替他成为村支书，
最不济的，沉默寡言的长子，
培养了村庄中
本科毕业后
第一个成功在省城落户的大学生。
四个儿子也还算高寿，
虽然老大与老三因病去世时
不满八十，
但二儿子与小儿子
今年已分别九十与八十四岁了，
依然健康、硬朗。
而他的孙辈的境况
又多少是
不尽如人意的。
四个儿子家中的长子
先后早逝，
仿佛《旧约》中，
那些受到诅咒的埃及人。
最小的是老三家的，
夭折时尚在襁褓中。
小儿子的长子两岁时得了脑膜炎，
抢救回来后，十岁突发癫痫，
作为脑膜炎的后遗症，
在二十八岁那年垂钓时

落水溺亡。
可能最令人扼腕痛惜的
是他长孙，
即长子的长子，
也就是村庄中第一个本科毕业后
成功在省城落户的大学生，
在一天上班的途中，
因赶赴单位一次难得的外事活动
骑车闯红灯
而被一辆疾驶中的大卡车撞出十几米，
倒地、爬起，
重新倒地后
再也没能站起来，
时年三十有五。
四个早逝者中，最晚离世的
是二儿子的长子，
因父亲退休时未按农村惯例将顶职名额
给他这个长子，
（因为他已成家，娶了一个农村女人
顶职对命运的改变或许不会那么显著）
而是给了他尚未出阁的妹妹。
之后他长期酗酒，
两度中风，
离世时未满五十。
现存的孙辈尚有：
老大的五女一子，
老二的二女一子，
老三的三女一子，
小儿子的一女一子。
小儿子本来还招了一个上门女婿，
但在生下两个曾孙女后，
女婿得病去世。
而在曾孙辈中，
则几乎是清一色的女性，
除了二儿子早夭的长子留下的

两个男性的子嗣，
作为村里十多个壮年光棍中的两个，
现均已年过四十。
好在他的孙女们的后代
总体都较有出息，
子女的教育也更成功，
共培养了十二个大学生，
两个硕士、一个博士后。
如果他依然活着，
应已是五世同堂。
或许，他也已试着理解，
并学会以“时代不同了，
男女都一样”
来告慰自己。

小巷

在最初的岁月中，
小村有着一个王国的广阔与完整。
每一个父亲都是国王，
每一个孩子都是公主与王子。
在你整个童年，
你曾游历
这狭长的山坳间的
十几个列国。
而在一次次的回望中
那依然让你如此心惊的，
是那间曾由五户人家共同拥有的四合院，
通向村祠堂的
一条近百米长，
又仿佛与这个村落近千年的历史
相仿佛而幽深的巷子，
以及祠堂一角常年堆积着的
村中老人们为自己精心准备

而又落满厚厚尘埃的棺木，
以及每次独自经过那条小巷时，
你都不自觉地屏住呼吸，
并终于在自己越来越急促的脚步声中，
狂奔起来，
而得以与小巷尽头
那几乎如约而至，
从头顶倾泻下的
和煦的阳光相遇。
你同样，并依然记得
那个遥远
而仿佛无尽的夏夜，
在小巷靠近四合院一端的
一间独立的石屋
向小巷敞开的厅堂正中央，
一个你熟悉的老婆婆
仰面躺在一块
她平日乘凉的木板上，
而你得以如此近的距离目睹
这人世——
最初的死。

寒露

一只鸟在白桦树上
看风景
地上金黄一片
琐碎的影子变幻着被细密
的水波摇荡

从此刻起
我告别了故乡
告别疼痛，用另一种姿势
行走在陌生路上

现在我已经看见鸿雁
驮着夕阳离去
留下一片空白
和落叶的簌簌声

今夜我不再思念流水
不再用金黄的
落叶编织一个春天的梦

就在寒露中
把疼痛都忘却吧
只留下
斑驳碎影
在秋声里伴我长眠

湖边看花

你在湖边看那一丛
小白花时
我正面朝大湖
多意外呀
看见那么多小花
安静地开，仿佛从来
就不隐藏自己

我知道你的欣喜也
是我的
也是一句我
从未读过的唇语
但我却
在你朝向我的时候看见
那些花眼中都
噙满春雨般的羞涩

细雨轻拂

进入了满江沟。天空
亮亮的
就像正午的大海
你一直都在
寻找，似乎这些红艳艳的
花也在寻找你

而我正在坡顶远眺
看你在花丛里
独自妩媚。那么多人看花
其实都在看她们
自己

那一刻，我的目光游移
到了你那里
花无言而细细的雨丝
轻拂着我
就觉得万花丛中
你才是最美的那一朵

五彩池

我们一直往前走
爬高
穿梭在茂密的想象中

风景绝美
有如色彩纷呈的神话让我
微醺

再往前就是五彩池了
高高的
在前面撩拨我

但我步履越来越沉
似乎
每走一步
心就会从胸腔里蹦出来

就会成为神话的
一部分
或者，像那些树把落叶
还给泥土

幸好我们还可以吸氧
可以在五彩池
停下来

把自己的梦做完

黄龙大瀑布

由近而远是一条龙的
纹理
铺展在天空
契入了
我不曾感知的秘密

龙涎从闪电里飞出
金黄色
驿动的水波
把远古生命尽收眼底

那么明亮的痛
聚集
在深不可测中，迂回
各自的妩媚

现在还可以说一点什么
就尽情说吧
比如爱
和暮霭里的蝉鸣

牟尼沟

一开始就听到了流水声
从树叶上泻下来
比鸟声明亮
我还以为是天河折射
在幻觉中
假如再往前走，就会看见

隐秘的山门与静默
相呼应
当我穿过密林，穿过一束光
晃动的碎影
或许也能走得更远一点
其实我并不想走远
我只是
想在牟尼沟看扎嘎瀑布
怎样从高处体验
坠落的快感
事实上，我已经看见了
水花翻滚
而光不断地变幻着
仿佛暗影在
密林里把所有的声音都
吞噬掉

在成都草堂

没有风，天是蔚蓝色
逗留的飞毯
草堂依旧在溪畔
等待诗魂

我坐在一棵老树下
也在安静地
等一个人

其实，我也不知道究竟
等待什么
只是想默默地
把自己

当成溪边的一棵草

为草堂
守护古老的天空

就把记忆当做秋风吧
在九月的成都
不再让
天下诗人牵肠挂肚

找不到锁孔的铁

从北京到哈尔滨
我逃出飞翔的铁。

又深陷于绿皮火车
——这缓慢的铁。
然后是客车
——这颠簸的铁

在明水县
换乘乡间小巴，抵达永兴镇
是因为这颤栗的铁。
再去王太玉屯
骑自行车
驾驭一堆寒酸的铁。

层层包裹的铁
挤压的铁，就要窒息的铁。
回到故乡的铁
找不到锁孔的铁。

画牛

画：
一头老母牛
一头小黄牛

三十年前的午后
入冬的白霜。

老牛的鼻孔
冒出一团又一团热气

大地上没有什么了
正像我们那时的生活
只是遗落在原野上的
一两穗苞米棒

我不敢睁眼
怕梦里的纸张消失
怕再也听不到
小牛吮吸奶水的
叫声

于是，我在纸上画
那些牛，发自心底的

“哞哞……”

西漫岗

在我的老家王太玉屯
穷人和富人死了
都要埋在村外的西漫岗上

坟头有的地势高一些
有的低一些
就像他们活着时住的老房子

在我老家的西漫岗
富人家的坟前立着的石碑
刺龙画凤
都是闪着光，昂着头的

穷人家的石碑
大多是轻薄和灰暗的
有风无风，总是把头卑微地低下

一群羊

走过呼兰河大桥的低处
看见柳林、草甸
和一群过路的羊

继续前行，走到王太玉屯的黄昏
又看见一群羊
站在进屯路的两边
仿佛是多年前的那一群

“咩，咩……”高一声低一声
夹杂着草叶、黄昏、腥膻和尘土
像极了我那些
二十年不见的亲人

马

小时候，总是绕开它走
怕被它的蹄子踢到
怕它在野外吃的草里有鬼
打喷嚏把鬼喷到我身上

在早亡的大哥的坟头
有两匹枣红马
着了火，很温顺
很快便低下头
扑倒在地
然后化作烟尘飘飞而去

那一夜，老去的草叶含着露珠
开始返青
我听见梦中的马蹄
嘚嘚敲响了
天上亲人们的门扉

梦话，或口信儿

西漫岗的大地深处
一座座小房子里
有我的亲戚

他们和许多生物一起
从地面走到地下
只有一群羊

“咩咩”地叫着
仿佛是他们的梦话
或捎来的口信儿

又像是在冰雪堆里
替他们寻找
回来的门

小清河

我不知道，她什么时候断流了
但是我不怕
因为我还可以哭

我必须告诉儿子
浸润在这一带山水间的恩情

不容忘记，需要用一场大水
来隆重祭奠

需要用我们的泪水
来接续一条河的香火
和血脉

老宋家的树

屯里的树
早些年，没有归属
都是集体的

村西头那趟树
后来姓宋，也曾经姓王
不管姓什么
树还是树

那些树根本就不认识我
那些树根
裸露在大地上
没有一棵树求过我
我也从来没奢望
变得和这些树一样

回忆往事的某种方法

要到皱纹里
去翻找
要穿过眼泪
浸湿的
那半坡青草
和被贫穷熬干的

一条小溪
最后，终于
翻出了
在水中摇晃的
树梢上
消瘦的月亮

祝老二

他是大哥的发小
他们和那些山里的小鸟一起
在低矮的树枝上唱歌

他爱打鸟，和我哥一起
在柳树林子里
一黑天，谁也找不到谁
我就在秋风里哭

一转身的工夫
那些树不见了
我大哥也不见了

五十岁的祝老二还在
天空还在
大地只剩下一只鸟
唱他们当年的歌

我不知道那是不是我的大哥
从另一个世界里
回来了

季中元

月光穿透墙壁
那个叫季中元的人
总能听见
汩汩而出的泉水

他暗恋着红脸蛋的张秀芬
魂不守舍，又胆小如鼠
不敢吐露一个字

胆小的人
始终不敢凝望天空
却在四十岁时
为五斗米折腰
偷了生产队的粮食

季中元，在一个叫明水的地方
曾经吃不上饭的穷人
西风吹乱他的头发
也散了筋骨
半生眯着眼睛看人

白桦林

秋天的白桦林里，有一座木屋
屋子里生着炉火，红薯的味道在白桦林里蔓延
像是每片叶子都在呼吸，我不敢喧哗
脚步轻盈，走得很慢，很慢
有一刻，我觉得自己就是一只喜鹊
在林间翩翩起舞，林间的树木都知道我
我看着它们叶子落了，叶子绿了
看着它们一茬茬地生长，一茬茬枯萎
也许，我的寿命会长一些
但也长不过这白桦林的光阴，茫茫原野
我的到来，是一种宁静的衬托

白马镇

古老的光在一株干瘪的花朵
马蹄轻踩过青草的一生

落日远去，少有的宁静聚集
在一座木材店里
森林以另一种方式出现，它们已经死去
它们还有未风干的草木味

一个孩子抱着刨花玩耍，那是一副棺材的木料
白马镇熙熙攘攘的人群里，像是
从未有人离开，包括昨天

小镇日记

小镇街角废弃的房砖瓦堆积
有猫狗打盹，居住的人还在
不过是换了住所，路过的还会再来
纪念的事物不一定有新鲜的保质期
风会吹走一些回忆
雨会淋湿一些旧迹
人会在梦中偷走一些，或许是美好的
月光也会在夜晚，让一座小镇的冬夜清冷
此时，黄昏无限制地消损着原貌
一对老人，他们靠在墙角
吸烟，打盹，沉睡……比一座小镇更
年轻的是一个有雾的早晨
镇卫生院，传来新生儿的啼哭声

最后的光

温暖灯光中，看不见苦难的焦虑
鸽子在鸽房沉睡，咕噜噜的催眠曲
回响在每个内心匆匆的人
任何一个灰尘颗粒，给予着
一件事物的暖意
我们像灯光里的两只竹鼠
沉默着一天中最后的光

那座山

山下，那河仓皇奔流就像一只小鹿
滚石在大山间跺脚。
仿佛刚从醉酒中醒来的人啊，而我在
忽然寂静的空间入梦

我的大山多少年了，还未老去
青山葱郁，百草丰茂
我的顽皮这么多年了，还未消失
女儿的童年像一个个词语
敲开山峦的门

阳光照射在林间，我们担着水桶
我们割着韭菜，割着人间的欢乐
滚石上皱巴巴的痕迹
仿佛没有音调的歌声在歌唱
仿佛温暖的事物不曾缺席

我们谈谈暮色时

屋檐下有霜冻的痕迹，冷空气中
有些人渐行渐远，有些人和生活
在黑夜中暗暗较劲，有些人爬向
屋顶，去摸了摸遥远的星空

我们谈谈暮色时
你的羞涩，你的温柔
给了你的女儿，我们都会老去
一盏煤油灯，它布满灰尘的玻璃
需要有人擦一下
也需要有人擦一擦恐惧的夜晚

我们可以安详地睡去，炉火中
木炭的碎屑落在发梢，和谈谈暮色时
颜色一样，天空晚霞绚丽
我们渺小而平凡地生活在小镇

在天堂山

有一刻，我们累了
坐在草地上，牛在近处啃食时间
磨损的牙床，晃动着一座山川的安静
远处，秋意正漫过山岗
茅屋早已人去，我们就此安居
屋前山谷安详，薄雾中
我们等着一匹马
它湿润的薄唇亲吻草色，它的肤色
和我长住的北方相似
我们习惯过慰藉的生活
暮色垂落时，星空辽阔
我听见山谷的回声，有幽深的田野
在移居南方，有两片白云擦拭着
我们言语间的生活

书院幻想

那些煅烧木头的人，那些在深山里
透过密林取光的人，那些被细微的时刻提醒的赶路人
前方有寺庙，菩萨保佑着的行路人
前方有书院，星光铺路的脚步声
在一株树木的屋外，读到了《诗经》
想起雨雪，读到了《汉赋》
想到边塞的亲人，每读到一部古书
幻化成虎，铁爪勾勒着自然的形态
而我多年后，只在光的地方
想到了小倩，她应该也和普通女人一样温柔
在这样的场景，遇见光一样的书生

村庄的声音

心里的那座村庄
掩映在一片古老的树下
你可以听到它的声音
那种亲切的召唤

我喜欢，并敏感于
这种细微的声响
只有走远了
静下来的时候
想念它的人才能听见

比如看到了炊烟
就会听到灶膛柴火的哔剥
听见母亲在叫我的乳名
比如，篱笆动了一下
那是谁家的猫回来了
或者木槿朝花夕落
比如鸡下了一只蛋
燕子飞回堂前哺雏
牛哞黄昏
塘里的鱼跳了一下
老人咂吧旱烟
下田人光脚走在泥地上
回家

比如，祖母把一根针
在额头上磨了一下
然后稳稳地穿过
许多锃亮的日子

比如，稻秧返青了
一只青蛙望着天空
绿色的腮帮一鼓，一鼓

多余

我坐在月季和池水之间
可以当翻译
你们谁先说

月季在池水里
发现了自己
原来这么艳丽

池水很惊讶
可以把一朵花
照得如此美丽

他们互相微笑就够了
其实我
很多余

山里做客

小径通往深幽
云挡在道上
故弄玄虚地曲折
将风景藏到了最后
却在一抬头
溪流的那边
一枝红杏
早已探出路口

柴门半虚半开
瓜棚阳光斑斓
青茶端在手上
老伯三句不离桑麻
一边招呼生火
一边赶鸡撵狗
还指小儿提篮
奔到后院摘豆

溪里青鲈正肥
山中嫩笋爽口
草窠里摸出还热的鸡蛋
土坛里舀起刚酿的新酒
席间女儿怯声来敬
笑问何时嫁到婆家
那个一抹羞红哟
才是山里最靓的彩头

那条小河

从太湖的渊源
蜿蜒逶迤
支流了许多岔口
不经意地，停留在
一个水田环绕的村庄
桃竹掩映
水草丰盛
木船卧在平静的水边
拴住两岸人家

日子是从河里开始的
清晨，柴门咿呀
女人走下河埠头

汲水，淘洗，伸一下腰
后面跟着鸭子
小鱼游进淘箩
燕子飞来衔泥
河里有了动静
村庄就醒了
房顶升起了炊烟
稀疏响起晨雾里的声音
日头清淡，随河水流淌
光阴慢慢延长

傍晚时分
下田人来河边洗脚
依稀的背影，可能是我爷爷
坐在石阶上
锄头和鞋放在旁边
看看垂落的太阳
想想一天的生计
听见牛羊哞叫黄昏
骂孩子和狗，莽撞地奔跑
然后，点亮一杆旱烟
带着咳嗽
走回祖先托付的
昏暗的，有点潮湿的
耕读之家

有一个雨天
整条河都在哭
我爷爷被棺材抬上船
一个苦命的人
就像来时那样
从河里运走了
不知他会在哪里，重新上岸
他走得太早了
我没有去送他

那时父亲还小

无题

有一天下午
我专门跑到普陀
请教一位大师
怎样跨进寺门

大师跟我讲了很多
我似懂非懂
不忍心打断他，那么多
听上去很像哲学的道理

他的茶有点粗苦
我假装喜欢简饮
一直把苦涩喝得很淡
让他相信，我有点佛缘

送到门口
我又直接地问了一遍
大师，先出左脚
还是右脚

理坤的诗

LI KUN

啊，唉……

母亲生下我时
教会我第一个词语
是，啊……

慢慢的
我会说很多话时
母亲说得最多的
反而是，唉……

当母亲啥也不说时
我就把啊还给她
然后，然后
把唉留给我自己

分类

垃圾是要分类的，它要与环境达成和谐
成为垃圾之前，没有一种东西是独立的
任何美好的事物都是在唯美的状态下
由很多物质组合在一起，形成委曲之美
人类也不例外，除了仇恨，还有时间
换句话说，也只有残缺或死亡才构成分类
但是，残缺的东西它也有病态之美
死亡也只是生命的终结，并不妨碍它
作为一个个体，完成最后转身时的凄美
我见到的分类，是楼底下每天清晨
一个和我父亲般的老头，驼着背，就着微光
在垃圾桶里翻捡，将有用的纸盒，塑料瓶

以及他认为有用的，装入携带的蛇皮袋里
然后再将翻出来没用的，放回到原来的位置
整个过程娴熟又惋惜，像有多么的不舍
仿佛这些熬到尽头的东西就是他自己的命

烫发

一个中年妇女推着轮椅进来
上面坐着老太太，佝偻着
已经，很老很旧的样子
像暮冬树梢仅剩的一片枯叶
女儿说，给妈妈烫个发吧
老太太说，随便剪下算啦
这大年龄，不要花冤枉钱
没事，妈妈，烫下好看
你年轻时不最爱美吗
我从镜子里注意到老太太
呆滞的眼睛忽然亮了一下
干枯的脸上居然有一丝
细微的不易察觉的羞涩
短暂到好像什么都没有发生

望天空

天蓝到无痕
天，空到
眼睛里
不留一丝尘念
所有的灵魂
隐去，人间
玉兰花悄然地开
这孤独的白
让武汉的天空

有了更深含意
大这么蓝
玉兰这么白
眼睛里装满云朵
足够下一场雨

养石

沿江大道两旁
每棵树兜四周的表面
都铺设有一些鹅卵石
每个路过的行人
都忍不住蹲下拿在手里
反复把玩，抚摸
以至于磨光了它的脾气
看着这些背井离乡的石头
我心里就有股莫名的酸楚
就想拣一大筐背回去
在家里头阳台上养着
植上泥土，青草，苔藓
每天给它，晒晒太阳
浇浇水，陪着它说说话
如果可以，我愿意
就这样一辈子给养着
让它生根发芽，开花结果
石头就应该像山那样活着

沉默

打桩机在屋子外
发出咣咣的轰鸣声
此刻，空间喑哑
就算说下点什么

也是白费，巨大的
声音背后，一切
都会陷入长久死寂
下午的时光迟滞
打桩机在铁的冷峻中
用碰撞保持沉默
我用沉默遏止自己
身体里要有一份重量
与生命保持平衡
阳光透进来起了斑驳
每一粒悬浮的尘埃
卑微中，也会弥漫着
金属撞击过后的沉静

橘子黄了

那些橘子在暮色下
孤零，透亮
是一些果实
空气中有寒气
上天有慈悲
我从凉山水库下来
伸手摘了几个
天色还早
没那么快黑下来
我分给车上几个人吃
大家都默默无语
埋头低吮
橘子里那点甜啊
其实就是身体缺乏的

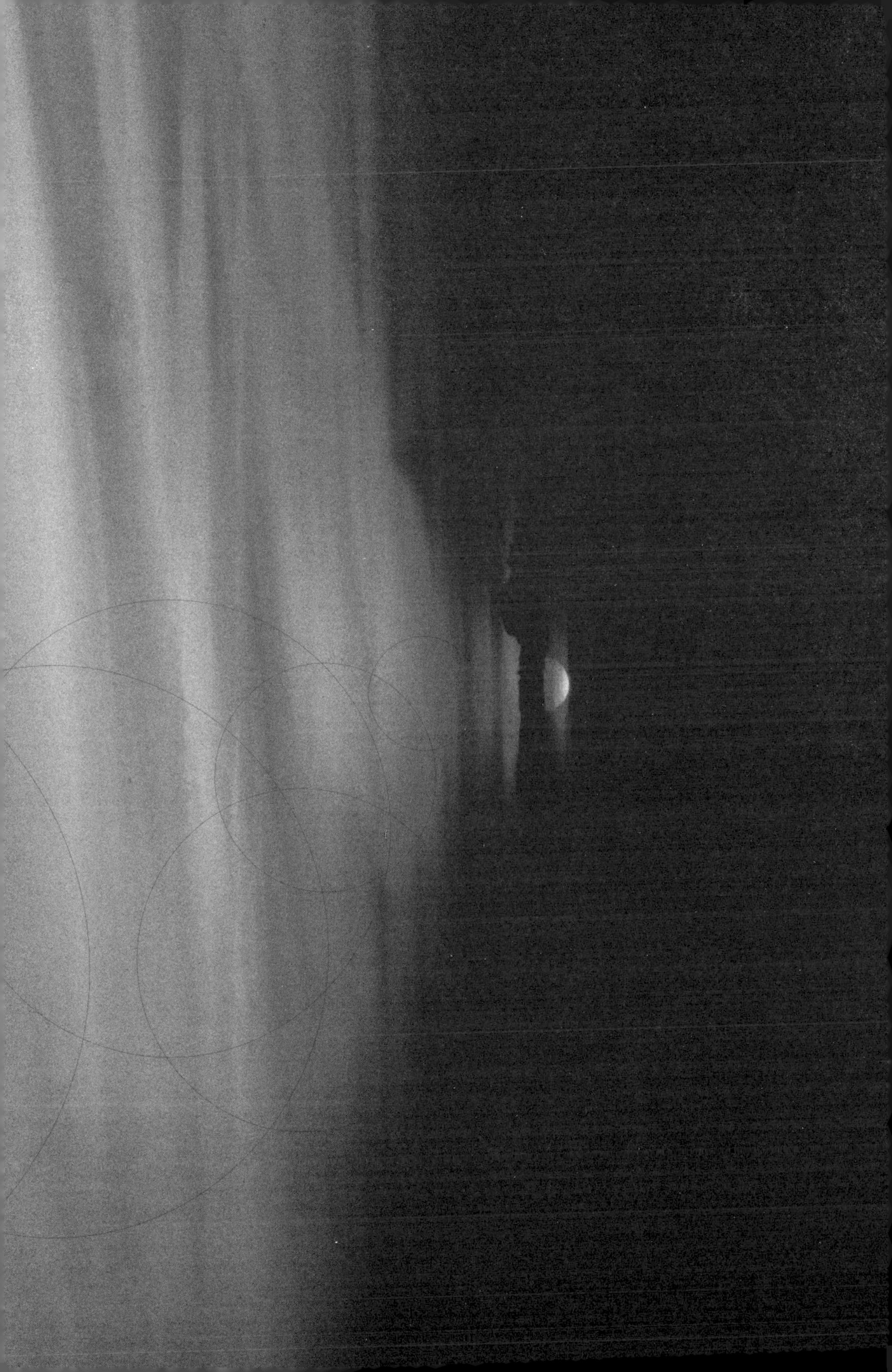

图书在版编目（C I P）数据

汉诗·风月同天 / 张执浩主编. -- 武汉 : 长江文艺出版社, 2020.7

ISBN 978-7-5702-1650-5

Ⅰ.①汉… Ⅱ.①张… Ⅲ.①诗集－中国－当代
Ⅳ.①I227

中国版本图书馆CIP数据核字（2020）第094310号

责任编辑：谈　骁　　　　责任校对：毛　娟
封面设计：祁泽娟　　　　责任印制：邱　莉　王光兴

出版：长江出版传媒　长江文艺出版社
地址：武汉市雄楚大街268号　　邮编：430070
发行：长江文艺出版社
http://www.cjlap.com
印刷：武汉新鸿业印务有限公司

开本：787毫米×1092毫米　1/16　印张：17.25
版次：2020年7月第1版　　2020年7月第1次印刷
行数：6753行

定价：36.00元